시인의
서랍

시인의 서랍

ⓒ 이정록 2020

초판 1쇄 발행 2012년 4월 20일
초판 3쇄 발행 2012년 11월 6일
개정판 1쇄 인쇄 2020년 9월 17일
개정판 1쇄 발행 2020년 9월 28일

지은이 이정록
펴낸이 이상훈
편집인 김수영
본부장 정진항
문학팀 김준섭 김수아
마케팅 천용호 조재성 박신영 조은별 노유리
경영지원 정혜진 이송이

펴낸곳 한겨레출판(주) www.hanibook.co.kr
등록 2006년 1월 4일 제313-2006-00003호
주소 서울시 마포구 창전로 70(신수동) 화수목빌딩 5층
전화 02) 6383-1602~3 **팩스** 02) 6383-1610
대표메일 munhak@hanibook.co.kr

ISBN 979-11-6040-424-1 03810

시인의
서랍

이
정
록 산
문
집

한겨레출판

차례

1 밥상머리

1

밥
상
머
리

세상 모든 말의 뿌리는 모어母語다

1.

모든 말의 태반胎盤은 어머니다.

어머니에게서 멀어지자, 내 잡종 말은 술지게미를 먹은 것처럼 비틀거리기 시작했다. 어쩌다 나누는 말은 틀니에 끊어지는 국수 토막같이 뚝뚝 부러진다. 항아리 위 감꽃처럼 부질없다.

2.

어머니 별명은 '농사 천재'다. 으뜸 농사꾼인 청년회장이 붙여준 거니까, 거짓부렁이 아니다. 청년회장은 벼농사, 밭농사, 인삼 재배, 표고버섯 재배에 축산업까지 정말 최고의 농사꾼이다. 아버님이 하늘나라로 떠나시고 혼자 경영하시는 텃밭 농사로 얻은 별호니 어머니만의 농사

비법이 있는 게 분명하다.

"뭐 있겠냐? 그늘을 잘 다루는 거지."

"그게 뭔 말이래요?"

"나도 옛날에는 햇살만 좇아 농사졌지. 그늘이 뭔지 몰렀어. 근데 마당에 가로등이 생겼잖니."

"가로등한테 비법을 전수받았다고요?"

"얘가 왜 이리 보채? 너 학교 선생 그만두고 어미하고 농사지으려고 그러냐?"

"아니, 이미니가 가로등 밑 거미처럼 느려 터지게 말씀하니까 답답해서 그러죠."

"너, 애들 가르칠 때도 이렇게 서두르냐? 애들도 말을 주뼛거릴 때는 다 그만한 사정이 있어서 그러는 겨. 그걸 기다리고 토닥일 줄 알아야 진짜 선생인 겨."

"어머니는 왜 말씀을 자꾸 딴 데로 돌리는데요?"

"네 아비 생각나서 그러지. 혼자 짓는 소꿉농사에 천재 소리까지 들으니께 먼 데 계신 아버지 마음이 얼마나 짠허겠냐?"

"아이고, 가로등한테서 뭘 배웠는데요?"

"빛이란 걸 배웠다. 근데 내가 배운 게 맞는 건지 몰러서 내가 말을 자꾸 헛딛는 거여. 너한테 잘못 가르치면 안 되잖어. 네가 애들헌테 말허고, 또 글에다 옮기면 너나 나나 죄짓는 거니께."

"알았어요. 내가 애들한테도 말 안 하고, 글로도 쓰지도 않을 테니까 말씀해보세요."

"가로등 밑은 암것도 안 되여. 들깨도 안 되고, 강낭콩이니 녹두도 넝쿨만 뻗고. 그래서 내가 가로등 밑자리 여남은 평을 동네 청년들헌테 내놓은 거여. 시멘트 입혀서 동네 주차장으로 쓰니께 얼마나 좋으냐. 그런데도 텃밭으로 빛이 쳐들어오는 거. 그래서 거기다 비닐하우스를 세웠지. 그러고는 하우스 귀퉁이에 방울토마토 네 그루를 심었는디 이놈들이 비닐하우스 천장까지 자라서 포도송이처럼 주렁주렁 토마토를 매다는 거여. 하우스라 따뜻하지, 또 밤에는 가로등이 눈부시게 비추니까 밤낮없이 일헌 거지. 그 방울토마토로 온 동네 여남은 집 다 먹고도 남어서, 물러터진 건 염소도 주고 송아지도 주고, 아주 방울토마토 잔치를 했다 혔어."

"그거 하나로 농사 박사, 아니 농사 천재가 된 거예요?"

"텃밭 귀퉁이 호두나무 밑에다 취나물을 심었지. 산에서 스무 포기쯤 옮겨 심었는디 두어 해는 산이 그리운지 꼼짝 않더니, 몇 년 전부터는 낫으로 베서 동네 사람들 한 푸대씩 나눠주지. 그것도 방울토마토마냥 서리 내릴 때까지 먹어도 돼. 남는 건……."

"염소도 주고 송아지도 주고."

"그려, 내가 올해 결정적으로 고추재배법을 한 가지 더 발견했지. 고추란 게 햇볕이 좋아야 탄저병도 안 걸리고 붉게 잘 여무는 건디, 난 반대로 아삭이고추 네 포기를 담벼락 밑 가장 후미진 데다 심었어야. 하루 종일 햇볕이 두 시간이나 들라나? 근데 이 오이고추가 맨날 그늘이 드니까, 여물지 못하고 자꾸 풋고추만 매다는 거여. 얼마나 연하고 맛있는지. 또 그놈을 동네 사람들헌테 한 바가지씩 나눠주니께 붙어 댕긴 이름이여."

"그건 염소 안 줬어요? 그러니까 우연히 붙은 이름이네요?"

"어라, 어미를 우습게 보는 거. 나눠주면서 내가 동네 청년들헌테 한마디씩 보탰지. 청년들 나이가 다 쉰이 넘었어야. 누구한티 뭘 배우긴 어려운 나이인디, 내가 말허면 잘 들어."

"뭐라고 했는데요?"

"인생 농사도 그늘 농사라고 혔지. 아내 그늘, 자식 그늘, 지 가슴속 그늘! 그 그늘을 잘 경작혀야 풍성한 가을이 온다고 말이여."

"그럴듯하네요."

"돈이니 여자니 술이니 화투니, 재밌고 따순 햇살만 좇아다니면 패가망신 쭉정이만 수확허니께, 그늘 농사가 더 중허다고 말이여. 걱정거리 없는 사람이 어디 있겄냐? 그 그늘진 담벼락에서 고추도 나오고 취나물도 나오는 거니께 말이여. 어미 말이 어떠냐? 그늘 농사 잘 지어야 인생

14

늘그막이 방울토마토처럼 주렁주렁 풍년이 되는 거여."

"천재 소리 들을 만하네요."

"그늘이 짙으면, 노을도 되고 단풍도 되는 거여. 사과도 홍시도 다 그늘이 고여서 여무는 거여. 뭣도 모르는 것들이 햇살에 익는다고 허지. 한 잔 따라봐. 너나 나나, 그늘 농사뿐이지만 말이여."

3.

맞다. 세상 모든 말의 뿌리는 모어母語다. 모어의 대궁을 타고 꽃이 피고 슬픔도 주렁주렁 열매 맺는다. 눈물이 서 말이라도 꿰어야 보배다.

부엌은 우리들의 하늘

1.

"어머니, 오늘은 부엌에 대하여 한 말씀만 해주세요."

"너 시 쓸라고 그러지. 얘는 인자 쓸 것 되게 없나보네."

"그러시지 말고 아무거나 얘기해주세요."

"부엌은 잘 모르겠고, 너 낳았을 때 말이여. 배가 좀 고프겄냐. 그때는 식구도 많고 먹을 것도 변변찮아서 양을 많게 할라고 무도 썰어 넣고 고구마도 으께서 밥을 풀 땐디, 먹어도 먹어도 배가 허한 거여."

"그래서요."

"그래서 내 밥을 풀 때에는 시어머니 몰래 있는 힘을 다해서 밥을 눌러 펐는디, 지금도 상 차리다 그 생각이 나면 혼자서 웃는다야. 이건 할 이야기가 못 되는데 말이여, 밥을 그렇게 눌러서 퍼놨는디 네 삼촌들이나 딴 식구가 먹어버리면 워쩌겠냐. 나만 속상하고 낯 뜨겁지. 그래서 내 밥은 숭늉 들일 때 따로 갖고 들어갔는디, 그래도 나 혼자 속이 뜨거워서, 내 밥을 풀 때는 좀 모양이 안 좋게 펐지 뭐냐. 주걱 자국을 그릇 가에 척 발라서 들어가면, 시어머니가 그러는 거여. 애야, 너만 그렇게 몹쓸 밥을 먹어서 워쩐다냐 하고 말이여. 그때 내 가슴이 워쨌겠냐. 쿵당쿵당 세로 가로 달음질치고 달아오르고 그랬지."

"······."

"한번은 그렇게 퍼 가지고 부엌문을 나서는디 웬 거지가 들이닥쳐서 그걸 반 떼어준 적도 있지 뭐냐, 근데 마음은 요상허게 편하드라. 이런 얘기도 시가 되냐?"

"시 쓰려고 그러는 거 아니에요."

"그럼 뭐 하러 새꼼맞은 얘기는 허라고 허냐."

"그냥 얘기하고 싶어서 그래요."

"웃기지 말어. 네가 쓰는 시라는 거 거짐 내 얘기 받아 적은 거라고, 먼젓번에 왔던 글 쓴다는 네 선배가 그러드라. 너 그러니께 이 어미헌티 잘혀. 글삯 받으면 어미한티도 한몫 떼주고 말이여."

2.

우리 집 부엌에는 허리쯤의 높이로 찬장이 있었다. 찬장 바닥은 시멘

트로 만든 뒤 안방에서 걷어낸 노란 장판을 깔았는데, 칼자국이며 화로 자국 때문에 때때로 찬장 바닥은 살아 있는 듯 인상을 쓰기도 했다. 그곳에는 항상 상보를 쓴 작은 밥상이 있었다. 묵은 동치미에 간장 한 종지, 갈치 꽁지를 넣고 졸인 비린 콩자반이 밥상을 지키고 있었다. 그리고 그 작은 밥상 뒤편에는 조왕신처럼 늘 술병이 있었다.

아버지는 사내가 부엌에 들락거리면 안 된다고 헛기침을 놓으셨지만, 어머니의 핀잔을 피해 당신도 한나절에 대여섯 차례씩 부엌을 출입하셨다. 아버지의 술병 뒤에는 가는소금 한 종지가 놓여 있었는데 그것이 아버지의 변함없는 안주였다. 고춧가루도 조금 섞여 있고 반찬 부스러기도 거뭇거뭇 박혀 있는 아버지의 안주. 젓가락도 없이 검지로 찍어 올리시던 소금, 입속으로 들어갔던 손가락을 빨며 부엌문을 나서시던 아버지! 입과 손가락을 다시던 소리가 지금도 들리는 듯하다.

낮술과 어울리는 사람은 세상에 없다.

아버지는 대한전선 선풍기를 틀어놓고 다음 술참 때까지 문지방을 베고 누워 계셨다. 간경화에 수북하게 부어오른 배. 술과 소금이 만나는 아버지의 복부는 바닷물처럼 출렁거렸다. 곁에 있던 하늘색 선풍기는 등대처럼 목을 빼고 아버지를 향하여 순풍을 내뿜었고, 아버지는 만선의 고깃배처럼 순항하고 있었다. 겉보기에는 그랬다. 냉동시설을 제대로 갖추지 못한 배 밑바닥 수조에서는 생선들이 썩고 있었지만 말이다. 그것을 알고 계시는지, 생선들의 형편없는 신선도 위에 아버지는 알코올과 소금을 끼얹으셨다. 그럴수록 선창은 더욱 출렁거렸다.

부엌 찬장에는 설거지를 마친 보시기며 스테인리스 밥그릇들이 엎드려 있었다. 서쪽 부엌문으로 새 들어온 햇살이 노란 장판과 밥그릇을 만나 오묘한 빛으로 반짝거렸다. 막내 동생의 엉덩이 같기도 하고, 목욕할 때 훔쳐본 누나의 살결 같기도 한 밥그릇들. 뒤집혀 물기를 쪽 말린 채 침묵을 지키고 있다가, 때가 되면 그 큰 입으로 감자밥도 담고 무밥도 담고 고구마밥도 담던, 일 잘하던 밥그릇들. 시래기국도 뜨고 아욱국도 뜨고 김칫국도 뜨던 국그릇들. 부처님 앞에 엎드린 스님들의 둥근 등처럼 아름다웠던 빈 그릇들. 보시기에 쓰여 있던 복福자와 희囍자만큼 간절한 축원이 있을까.

그 아름다운 마음은 둥글게 퍼지며 뒤뜰로 이어졌다. 뒷문을 열면 거기 배흘림의 장독들이 있고, 환한 달빛이 있고, 할머니와 어머니의 거친 손이 있고, 가장 깨끗한 그릇과 가장 차고 맑은 물 한 사발이 있었다. 장독대와 부엌 뒷문으로 이어지는 그 짧은 길에 억만 번도 넘는 발원과 조마조마한 한숨이 서려 있던 것이다. 원추리꽃이며 상사초며 버선꽃이 얼마나 간절한 마음으로 그 밤들과 함께 했을까. 뒤뜰은 이 땅 어미들의 성소였다.

삶이란 게 본시 기름병 주둥이처럼 흘러넘치는 주변머리 없는 것이지만 어머니는 식구들의 열린 병뚜껑을 닫아주시고 거친 손과 투박한 입술로 병 모가지를 훔치고 핥아주셨다. 하지만 당신 자신은 얼마나 많은 상처를 안고 부엌에 드시는가. 핍박이 있는 곳에 피난처도 있는 것, 안으로 부엌문을 지그리고 남몰래 훌쩍이던 어머니. 그러나 곧 언제 그랬냐는 듯 김이 풀풀 오르는 밥상을 차리시고 쇠죽이며 개밥까지 일일이 다 챙기셨다. 부엌은 우리들의 하늘이었던 것이다. 어머니는 어리석기만 한 식솔들의 하느님이셨던 것이다.

비가 많이 내리면 우리 집 부엌 아궁이에서는 물이 새 나왔다. 뒤뜰 처마 밑 도랑이 부엌보다 높았던 탓에 비가 그친 뒤에도 며칠 동안 물이 흘러나왔다. 아궁이에 젖은 나무로 불을 지펴야 했던 어머니. 장마가 지면 어머니의 눈은 늘 벌겠다. 장마에 떠내려간 슬픈 청춘이 아니라, 순전히 매운 연기 때문이었다. 그래도 밥은 포슬포슬 더 맛있고 김치전에 국수까지 비벼주시니, 부엌은 도깨비방망이가 숨겨져 있던 어머니의 요술나라였다. 아궁이에 떠 있던 작은 물바가지가 새끼 잃은 어미 소의 눈망울 같아서 찔끔거리고 있을 때, 사내가 부엌 좋아하면 큰일 못한다고 어머니는 날 일으켜 세우셨다. 후딱 지게 지고 나가서 소꼴이나 한 짐 베어오라고 내 등을 떠미셨다. 지게질 잘하면 큰일을 할 수 있단 말인가.

아버지는 여전히 문지방을 베고 낮잠을 주무시고 계셨다. 아버지의 복

수가 어두운 방고래를 타고 아궁이로 흘러가는 것 같았다. 눈물을 훔치
며 아궁이에 고인 물을 퍼내고 퍼내셨지만 어머니의 눅눅한 삶은 좀처
럼 마를 날이 없었다.

찬장 옆 석유곤로에서는 아버지가 드실 뱀탕이 가산처럼 졸아들고 있
었다.

3.

이제 아버지는 가시고 어머니만 남으셔서 상을 보신다. 눈치 볼 시어
머니도 떠나셨는데 어머니는 아직도 당신의 밥을 거칠게 푸신다. 추녀
밑에 거지도 없는데, 밥그릇이 헐하게 반 그릇만 담겨 있다.

"배가 좀 빈 듯해야 몸이 편한 겨."

어머니의 한글 받침 무용론

어머니의 첫 편지는 아버지가 보낸 군사우편에 답장을 보낸 거라신다.

"시월에 군대 가서 이듬해 이월에 네 누나를 낳았으니, 아버지가 얼마나 폭폭했겄냐?"

긴 한숨을 쉬신다.

"그래도 그때가 그중 행복했어. 마음이 숯불 같았으니께."

말해놓고 부끄러운지 눈길을 돌리신다.

"내가 한 통 쓰면 아버지는 대여섯 통 보내왔어야."

빙그레 웃으며 자랑하신다.

"휴가 나왔을 때마다 시부모님 눈치 때문에 없는 빨래를 모아서 냇가로 가면, 문지방에 까치발 딛고 서서 휘파람을 날리곤 했어야. 못 들은 척 빨래방망이만 두드린 게 지금도 후회가 돼. 돌아보기라도 해줄걸. 내

가슴만 방망이질 쳤지."

볼 붉어지신다.

"내가 보낸 편지에 받침이 하나도 없어서 아버지가 근무하는 전방부대에서 괴뢰군이 보낸 암호문인 줄 알았다고 농담도 하셨지. 충청도 사투리를 다 늘여서 써놓으면 세종대왕이 스산 태안 분이라도 해독 불가여."

내가 군대 생활 할 때도 어머니는 편지를 두 통이나 보내주셨다.

"네 동생이 불러주는 대로 받아 적은 거라 맘하고 다른 것도 썼다."

"뭔데요?" 하고 여쭈니, "사랑하는 내 아들아"라고 쓴 거란다. 물론, 내게 쓴 편지에도 받침은 장판 밑 방고래에다 깔아두고 초성과 중성만으로 암호 문자를 보내왔다. 나도 아버지의 아들이므로 해독하는 데 별 어려움이 없었다. 눈물을 잘 말려서 뽀송뽀송하게 보내주었건만 군대라는 습진 곳에 와서 흥건해지는 것은 어쩔 수 없는 노릇이었다.

제대 후, 어머니의 편지 때문에 눈물깨나 뿌렸다고 했더니 뜬금없이 "요즘 군대가 빠지긴 빠졌구나" 하신다.

"그래도 내가 지금까지 사랑한다는 말은 너한테 처음 쓴 거야."

짐짓 얼굴을 돌리신다.

어머니는 요즘도 아버지께 편지를 쓰신다. 몇 년 전에 내가 두고 온 교무수첩에 쓰신다. 교무수첩에 어머니께서 적어나가는 지렁이 꿈틀체는

몽땅 아버님을 그리워하는 연애편지다.

"좋은 종이 놔두고 왜 하필 교무수첩이래요?"

"아버지 돌아가실 때쯤에 니가 노조헌다고, 좀 속 썩였냐? 니가 아직 선생질 잘헌다고 안심시켜드릴라고 그런다."

"그럼 왜 가끔 달력 뒷장에다가도 쓴대요?"

"돌아가신 지 십 년도 넘었응께 눈이 안 좋으실 거 아니냐? 그러니께 달력 뒷면에다 핵심만 댓 글자 크게 쓰는 겨."

"핵심이 뭐래요?"

"연애결혼 힌 놈이 편지의 알맹이도 모르냐?"

"뭔데요?"

"보고 싶어유."

어머니가 굵은 손가락을 꼽으며 다섯 글자를 센다.

"아마도 아버지는 저승에서 학교 선생을 헐 거여."

"어떤 선생?"

"그야 물론 국어 선생이겠지. 어미가 보낸 편지에 빨간 펜으로 받침을 달며 무식하다고 욕허고 있겠지."

"수업 말고는 어떤 업무를 맡고 있을까요?"

"그야 물론 술, 담배에 쩐 학생들 꼬드겨서 같이 술 마시는 일을 하고 있겠지. 아버지가 사실 알코올중독 아녔냐? 편지 온 거 읽어주며 어미에게 보낼 답장 대필시키고 있었지."

"근데 왜 답장이 안 와요?"

"꿈결에다 보내. 꿈속에서는 자주 읽어."

"뭔 내용인데요?"

"깨면 다 잊어버려. 그래도 매일 밤 잠들라고 하면 막 설레고 가슴이 두근거려. 너한테도 편지 오냐?"

"아뇨."

"꼬박꼬박 받침을 쓴 네 편지는 못 읽는 거여. 받침 없는 교무수첩만 보다가 한글을 다 잊어버린 거여."

"어머니께 오는 답장에는 받침이 없어요?"

"당연허지. 넌 영어로 온 편지를 언문으로 답장허냐? 받침 없는 글에는 받침 없이 보내는 게 당연한 거여. 나만 혼자 남겨놓고 간 양반이 무슨 낯으로 글자마다 받침을 들이밀겠냐?" 하면서, 밤늦도록 어머니는 한글 받침 무용론을 펴신다.

"세종대왕이 나를 먼저 만났으면 받침을 아예 읎앴을 텐디."

저 쓸쓸한 웃음. 아버지가 아니면 그 누구도 해독할 수 없는 눈가의 주름살, 저 상형문자에도 받침이 없다.

코 고는 소리도, 개구리 소리도, 받침 하나 없는 여름밤이다.

교무수첩에 쓴 연애편지

안녕하세요? 아버님 떠나신 지도 십 년이 훌쩍 넘었네요. 그곳에서 내려다보기에 얼마나 조마조마하신지요?

오늘은 흙비 내리고 날씨 또한 궂습니다. 구름이 꼭 아버님 얼굴빛 같습니다. 간경화에 설암에 얼굴 검으셨던 아버님! 한참을 우러르다 술집으로 숨어들었습니다. 아버지! 하고, 술잔에 대고 부르니 술의 낯빛이 파르르 떨립니다.

아버님! 교무수첩은 잘 받으셨는지요? 한식날 집에 들러 어머니의 교무수첩을 찾아보았건만 온데간데없었습니다. 아버님이 떠나신 다음 해였나요? 제가 고향집에다가 교무수첩을 하나 놓고 왔지요. 새 학기가 되면 참고서를 만드는 출판사에서 선생님들의 호감을 사려고 교무수첩을 나눠주거든요. 그중 하나를 집에 놓고 왔는데, 어머니가 그곳에다 편지를 쓰기 시작하신 겁니다.

어머니의 편지는 정말 아름다운 상형문자이지요. 학교 문턱이라고는 자식들 운동회 때 가본 게 전부인지라, 어머니의 한글에는 거의 받침이 없지요. 어머니의 한글을 볼 때마다 한글 받침 무용론이라도 펴야 되는 것 아닌가 하는 생각이 들지요. 제가 군 복무 할 때 받았던 어머니 편지는 이렇게 시작되었어요.

"사라하느 내 아더라."

그걸 읽는데 어찌나 눈물이 솟던지, '울컥'이란 말을 새삼 깨달았지요. 아버님 편지는 한 통도 없었다는 걸 강조하려는 것은 절대 아닙니다.

사실, 어머니한테 연서를 받으실 만큼 아버님께서 잘하신 건 아니잖아요. 알코올중독에, 긴 병치레에, 농사꾼으로는 전혀 안 어울리는 흰 손가락에, 가족보다는 남에게만 베푸는 방향 잃은 성품에, 자식들은 고갤 저었으니까요. 사라진 교무수첩이 하늘까지 잘 배달되어, 그곳 술판에서 흰 구름 내려다보며 즐거이 읽으셨으면 합니다. 그럼 다른 술친구들은 부러워서 꺼이꺼이 폭음을 하시려나요? 한 가지 분명한 것은 어머니의 사랑이 갈수록 아름다워진다는 거예요. 엊그제는 초롱산 건너다보시며 이렇게 말씀하시대요.

"큰애야. 아버지가 괜히 술 드신 게 아니다. 난 니 아버지 다 이해헌다. 동생들 셋이나 잃고 술 아니면 위떻게 견뎠겄냐? 고만큼이라도 살아준

게 난 고맙다. 그래도 막내 고등학교까진 마친 다음에 가셨잖냐?"

아버님! 아시겠지만 집을 좀 고쳤어요. 우리가 살던 위채는 그냥 창고로 쓰고요, 아래채를 입식으로 바꿨지요. 삼형제가 조금씩 모아서 기름보일러를 놓고 부엌과 화장실을 집 안에 들여놓았어요. 집을 다 짓고 나니, 누님이 냉장고하고 에어컨하고 케이블티브이를 놓아주었지요. 동네에서 제일 좋은 집은 못 돼도, 대낮에도 티브이가 나오는 시원한 집이 되었어요.

양철지붕 위에 거다란 접시 하나를 올려놓으면 하루 종일 여러 방송을 볼 수가 있지요. 야한 영화도 많이 나오고 한번에 주르륵 연속극을 볼 수도 있어요. 그렇지 않아도 은근살짝 우스갯소리를 잘해서 인기가 좋으신 어머니한테 동네 아주머니들이 다 모인다니까요. 사실 아주머니라고는 하지만 다 칠순이 넘은 할머니들 아니겠어요. 고랑집 재당숙 하고 행시비 아주머니만 빼고는 다 과부들이지요. 그 틀니와 중풍과 관절염 들이 모여, 야한 영화를 보는 대낮에는 동네 수탉도 울지 않지요.

"저 양코배기 방아 찧는 것 좀 봐."

"쟤들은 옷은 벗어도 신발은 신고 허네."

"총질 좋아허는 놈들은 저 짓 하다가도 싸워야 허니께 워카 끈을 안 푸는 겨."

아버님, 너무 걱정하시지는 마세요. 어머니는 지금 새 교무수첩에다가 다시 편지를 쓰고 있으니까요. 아마도 다음 교무수첩에는 "아이 러브 유"라고 영화 대사를 적어 넣을지도 모르겠네요.

지난주에 집에 갔더니 어머니가 베를 짜고 계시대요. 이제 당신이 입고 갈 옷만 짜면 그만 짠다 하시지만, 볍씨 담글 때까지는 매해 베틀을 안고 계시지요. 아버지가 입고 가신 옷은 할머니가 짜신 거지만 말이에요. 그옷 입고 가시며 얼마나 목이 메셨는지요? 아마도 삼베만큼 설운 색깔은 세상에 없을 거예요.

아버님! 이제 술이 깊어지네요. 오랜만에 아버지랑 마주 앉으니 마음이 대동샘 밑바닥처럼 낮아지네요.

아버님께 죄송했던 일 하나만 말씀드리고 말문을 닫을게요. 좋은 술 먹고 뭔 헛소리냐고 혼내시겠지만, 철없는 녀석이 제 맘 편해질 심산으로 빗장 푼다고 토닥여주시지요.

아버님께서 그리도 기다리던 큰 손자 이름을 제가 지었을 때 얼마나 속상해하셨던지요? 홍성장에서 쌀 몇 말 값을 주고 작명해오신 이름을 제게 들이미시며, 종손이라서 꼭 돌림자를 써야 한다고 쿵 돌아누우셨지요. 그 깜깜한 아버님의 등에 제가 뾰족하니 입 통소를 놓았지요.

"아버지 이름은 누가 지어주셨대요?"

"그야 물론 할아버지가 지어주셨지."

"그럼 내 이름은 누가 지어주셨대요?"

"그거야 당연 이 애비가 지었지."

"그럼, 사나이로 태어나 저도 아들 하나 얻었는데 누가 이름을 지어야 된대요?"

말없이 한참 누워 계셨던 아버님께서 벌떡 일어나 술 사발을 들이키셨죠.

요즈음엔 어머니를 안고 블루스를 추려고 해도 어머니가 작 안기지 않습니다. 그래서 제가 입방아를 놓았지요.

"어머니, 저한테 남자를 느껴유. 위째 자꾸 엉치를 빼대유?"

"아녀, 이게 다 붙인 거여. 허리가 꼬부라져서 그런 겨. 미친 놈, 남정네는 무슨?"

어머니의 볼이 붉어졌지요.

"가상키는 허다만, 큰애 니가 암만 힘써도 아버지 자리는 어림도 읎어야."

사랑받는 일에서만큼은 정말 아버지가 부러워요.

어머니는 지금도 말씀하시죠.

"애야. 식탐, 약탐, 짐탐 부리지 마라."

그런데 오늘도 어머니의 말씀을 어기고 과식, 과음하고 말았네요. 내일은 또 술 깨는 약에 비타민제, 칡즙도 두어 봉지 삼키고, 밀린 업무를 짐처럼 지고 이고 끙끙거리겠지요.

아버님! 그곳에서의 술자리는 어떠신지요? 심심하시면 노을처럼 불콰한 얼굴로 시골집 양철지붕 위 '스카이라이프'로 놀러오시지요. 그곳 또한 '하늘살이'지만, 어머니가 안 계시잖아요. 틀니 빼고 웃으시는 어머니의 볼우물에 한번 빠져보셔야지요?

그럼, 다음에 또 글월 올리지요. 하늘놀이 편안하게 즐기시길 빌게요.

안녕히 계세요.

버스는 배추 자루를 닮았다

　가난은 이끼 같은 것, 집채만 한 바위를 덮는 데에도 몇 년이 걸리지 않는다. 이러저러한 일로 졸지에 동생 셋을 잃은 아버지는 소주병으로 일어나서 노랫가락으로 곯아떨어졌다.

　냇가의 모난 돌이 제 모서리의 날카로움을 스스로 이기지 못해 물길을 틀듯, 고요했던 집이 아버지의 폭음과 할머니의 흐느낌으로 질척거렸다. 집 안 구석구석에서 수시로 바람이 일고 폭우가 쏟아졌다. 주춧돌이 모난 돌로 뛰쳐나와 수챗구멍에 처박혔다.

　가난은 밥 대신 물을 많이 먹어야 하고 똥 대신 오줌을 많이 눠야 하는 불편을 감내해야 하는 것. 똥독에 뜬 별이 지가 무슨 이무기라도 되는 양, 내 더운 오줌발에 꼬리뼈를 채 올리던 서늘한 밤들.

　고등학교에 입학하자 각종 공납금이며 교복이며, 어머니의 한숨이 우물처럼 깊어졌다. 우물 밑바닥에다 요를 깐 듯 나도 잠이 안 왔다. 어찌 어찌 하루하루 등하교버스를 타던 어느 날, 내 손에는 안내문 한 장이 쥐어져 있었다. 언제까지 교련복을 맞추라는 가정통지문이었다.

뒤늦게 내민 통지서를 보자마자 어머니는 곡괭이를 메고 텃밭 구석으로 가셨다. 이미 마늘 싹이 파랗게 돋아난 사월 초순의 텃밭 끄트머리엔, 지난가을 똥값이라 팔 수 없었던 무와 배추가 묻혀 있었다.

"이걸 내다 팔아야겠다."

순간 나는 장바닥에서 전을 펼치고 계실 어머니의 고생은 아랑곳없이, 배추 자루와 함께 등하교할 내 부끄러움만 생각했다. 교련복이 없어서 받게 될 불호령과 기합을 생각하면 참아낼 수밖에 별 도리가 없는 일이었지만 말이다.

어머니와 나는 버스에 승차하는 출입문이 달랐다. 나는 일 미터도 넘는 뒷문을 이용했고 어머니는 앞문으로 타셨다. 내 부끄러움을 미리 읽으신 어머니는 아무런 말씀이 없으셨다. 무와 배추 자루를 싣느라고 집 앞 정거장에서는 좀 오래 정차해야만 했다. 길게만 느껴졌던 그 몇 십 초의 정차시간, 사람들이 나만 쳐다보는 것 같았다. 내 머릿속에는 자루를 함께 끌어올려야 한다는 생각과 다음 버스를 타고 나오시면 얼마나 좋을까라는 싹수없는 생각이 뒤엉키곤 했다. 내 손은 머리를 긁적이고 있었고 고개는 신발 끈만 보고 있었다. 머리카락이 조금도 잡히지 않았다.

막 시작한 어머니의 이발 기술은 형편없었다. 패이고 짧아진 데를 기준으로 가위질을 하다보면 끝내는 까까머리가 되곤 했다.

하교할 때는 어떡하면 어머니와 같은 버스에 타지 않을 수 있을지 고민했다. 소심한 성격에 깜냥 체면만 앞세우는 좀팽이었던 것이다.

저녁이면 어머니는 무와 배추를 다듬어 마루에 올려놓고, 꼬깃꼬깃 접힌 천 원짜리를 펴고 동전을 세며 교련복 값을 셈해 나갔다. 물론 아버지의 술값이 그 돈에서 제해졌으니, 돈이 모이는 일은 성냥개비를 태워 밥 짓는 꼴이나 다름없이 더뎠다.

그린 어느 날이었다. 어렵사리 보으시는 논을 축낼 수 없어서 차표 한 장만 달랑 갖고 등교를 한 것이 화근이었다. 집에 돌아갈 차표가 없었다. 친구들에게 차표를 꿀 만큼의 주변머리도 못 되는 나는 고민이 이만저만이 아니었다. 점심시간이 지나자 나의 불안은 더 커졌다. 이따가 버스정류장에서 어머니를 만나면 다행이지만 그렇지 못하면 이십 리 밤길을 혼자 걸어가야 할 판이었다.

내 손에는 어느새 붉은 볼펜과 검정 볼펜과 지우개와 연필이 오르내리고 있었다. 30원짜리 충남교통 시외버스 차표 한 장을 위조하고 있었던 것이다. 고입시험에서 미술장학생으로 선발될 뻔했던 솜씨를 십분 발휘하고는 마지막으로 꾸깃꾸깃 홈집을 내는 것으로 위조는 끝이 났다. 나는 태연하게 버스에 올라 차가 출발하기만을 조마조마 기다렸다.

차가 막 출발하려는데, 아 다행히도 어머니께서 승차하셨다. 오 나의 구세주! 나는 처음으로 어머니의 짐을 받아드리고 내 자리에 어머니를 모셨다. 한 손으로 지그시 어머니의 어깨를 주물러드리기도 했다.

나는 끝내 차표 없이 탔다는 말을 할 수가 없었다. 알량한 효심에서였을까, 들인 공이 아까워서였을까. 나는 어머니의 차표 뒤에 내 위조된 차표를 숨겨 슬그머니 디밀고 서둘러 버스에서 내렸다. 식은땀이 등을 떠밀었다. 밤 풍경들이 오소소 떨며 목덜미로 기어들어왔다.

부르릉, 버스 출발하는 소리가 뒷덜미를 쳤다. 나는 무슨 대단한 결행이라도 마친 듯 어머니 손을 잡았다. 감나무 가지처럼 억센 듯 부드러웠다. 흙을 어루만져온 사람만이 가질 수 있는 손마디. 어머니에 대한 막연한 고마움과 서글픔이 울컥 치밀어오르는 순간, 끼익! 급정거하는 소리가 들려왔다. 순간 나는 일이 잘못되었음을 직감했다. 팔짱을 더 세게 껴안고 버스가 선 신작로를 슬그머니 돌아보았다. 그러나 차에서 내린 운전기사는 나를 쳐다보기만 할 뿐, 아무런 말도 하지 않았다. 조금 뒤 다시 고개를 돌려 버스를 훔쳐보았다. 기사는 손을 번쩍 들어 나에게 손사래를 보냈다. 무슨 뜻일까? 심장 뛰는 소리가 내 두려움 위에 쿵쿵 못질을 해댔다.

며칠 뒤 운전기사를 만났다. 차표를 받던 그의 목장갑이 내 손을 덥석 잡았다. 곶감처럼 굳은 내 얼굴을 쳐다보며 그는 그저 빙그레 웃을 뿐이었다.

언제 봐도 버스는 그 옛날의 배추 자루를 닮았다.

치맛자락은 간간하다

어머니한테서 전화가 왔다.

"뒤뜰 물앵두 다 익어서 우박처럼 쏟아지는디……."

"죄송해요. 요번 주말도 이래저래 갈 데가 많네요."

"그려. 허긴 여기 내려오는 기름값이면 물앵두 한 가마니는 사먹을 텐
디 뭐."

잠시 가슴 한쪽에서 콩깍지 터지는 소리가 나고, 썰물이 싸하니 빠져
나간다.

"늬덜 안 내려와도, 늬덜 대신 왼갖 새들이 우리 집 물앵두 먹으러 온
다야."

"새라뇨?"

"내가 작년에도 말했잖여. 우리 동네 새들이 그렇게나 종류가 많은

줄 몰랐다. 종일 동네 할망구들하고 새 똥구멍 쳐다보며, 새소리 듣는 재미가 삼삼혀. 처음에는 거무죽죽한 새들만 오더니, 요즘엔 총천연색 새들이 날아와서 난리다. 아마 돌아가신 어르신들이 새가 되어서 오시는게벼."

"이쁘겠어요?"

"새 키우기 이렇게 쉬운 줄 몰랐다. 새만 오면 좋은데, 쥐새끼도 와야."

"동물원이구만요?"

"내려올 때 닭 사료 한 포대만 떼 와라."

"닭도 쳐요?"

"아녀, 앵두 다 지면 사료 줘야지."

"어머니도 참."

"기똥차게 잘생긴 새 한 마리가 내 눈을 빤히 쳐다보는디, 꼭 돌아가신 니 아버지 같어."

"아이고, 이제 전화 끊을 때가 됐고만요. 곧 내려갈게요."

전화는 어느새 끊겨버렸다. 아버지라는 말에 아마도 목이 메어 수화기를 놓쳤을 것이다.

어머니에게 아버지는 얼마나 무거우셨을까?

끊임없는 병치레, 하루에도 몇 차례씩 차렸던 술상, 그리고 농사일은 뒷전이었던 나날들. 어머니는 그걸 다 받아 이셨다. 가슴에 고스란히 품고 다독이셨다.

난 그게 불만이었다. 내 나이 열 살 때, 아버지는 나에게 지게질을 가르치셨다. 숫돌에 낫을 벼리는 방법을 가르쳐주셨다. 어찌 어린 고사리 손에 낫을 쥐어주고 술만 드실 수 있을까?

그러나, 돌이켜 생각해보면 아버지의 가슴은 숯가마였을 것이다. 이른 나이에 아버지와 동생 셋을 잃고, 두 어머니를 섬겨야 했을 종손의 어깨. 아버지는 지게를 지지 않아도 멍 가실 날이 없었으리라.

그렇다. 술 없이도 살 수 있는 사람은 이미 행복한 것이다. 어머니는 이미 당신의 간간한 치마폭에 아버지의 아픔을 다 담고 다독인 것이다.

언젠가, 통화 중에 낮은 목소리로 말씀하셨다.

"아버지가 왜 텃밭 구석구석에다 과실수를 심어놨겠냐?"

"왜요?"

"빚이 많아서 그런 거여."

"빚이라뇨?"

"마음 빚 말이여."

"예?"

"니가 내 말뜻을 알겠냐? 농촌에서 일 안 하고 사는데 하루하루 빚 안 질 수 있겠냐?"

"……"

"햇빛한테 빚지고, 냇물한테 빚지고, 풀한테 빚지고, 동네 사람 바쁜 손에게 빚지고……. 심지어 동네 꼬맹이들한테도 빚지고."

"네."

"당신이 떠나도 계속 열매 맺을 거 아니냐. 그걸 누가 먹겠냐? 어미 혼자 먹으면 얼마나 먹겠냐? 다 나눠 먹으란 거지. 내려올래? 늬덜 자주 고향에 다녀가란 뜻도 있는 겨."

어머니의 치맛자락은 간간하다. 도랑을 파며 뻘을 빠져나가는 썰물처럼 어머니의 치마는 주름져 있다.

저 치마가 간혹, 해일처럼 뒤집혀 어머니의 얼굴을 덮치고 어머니의 눈물을 받아먹을 때가 있다.

앵두나무가, 바닥에 떨어진 무른 앵두를 굽어보듯 마음 붉어진다.

그 소가 우리 집에서 오래 산 까닭

며칠 전부터 외양간을 매일 청소한다. 물청소에 마른 짚까지 깔아준다. 외양간이 깨끗하니 소 엉덩이가 윤이 난다. 여물에 콩도 넣어 삶아준다. 우리 집에 온 지, 오 년 만에 누리는 호강이다. 그런데 눈자위가 젖어 있다. 장에 내다 팔 거란 말을 들은 모양이다. 두어 살 넘으면 소는 사람의 말을 알아듣는다고 한다. 할머니는 "소가 듣는다, 개가 듣는다, 천장 쥐가 듣는다"며 목소리를 낮추란다. 개가 주인을 깔보면 집은 안 지키고 식구도 문단다. 소가 주인을 얕보면 어려운 일은 안 한단다. 쥐가 사람을 얕보면 고양이가 넘쳐나도 이불 속에 들어와 사타구니를 문단다.

"새벽에 아버지랑 우시장에 가자."

나는 눈앞이 아뜩해진다. 소가 불쌍해서가 아니다. 소를 팔아야만 되는 쪼들리는 경제 때문도 아니다. 우시장에 함께 가자는 것은 어린 나를 어른으로 인정해주는 거다. 한집의 장남으로, 기둥은 아니어도 서까래 정도로는 나를 세워주는 거다. 그간 꼴망태기 지고 다닌 보람이 짠하게 가슴을 친다.

배 불룩한 암소를 앞세우고 이십 리 새벽길을 간다. 저수지에서 올라온 안개 속으로 달빛을 차며 방울 소리가 간다.

"발 아프냐? 애비는 중학교 삼 년 동안 이 길을 걸어 댕겼다."

우시장에는 소 울음소리가 사람 소리보다 컸다. 아버지는 국밥집 문간 말목에 소를 매어놓는다. 술부터 한잔 해야겠다고 하신다. 아버지의 마른 목을 타고 넘어가는 오랜 갈증을 본다. 내 국밥그릇에 아버지가 수육 건더기를 건네준다.

"아버지랑 장에 오니께 좋냐? 이제 나가서 흥정하자."

그런데, 소가 없다. 소가 없어졌다. 목이 쉰 소 울음과 워낭 소리가 사라졌다. 어디로 갔나? 아버지가 이리저리 황소 눈으로 뛰어 다닌다. 나는 아버지마저 잃을까봐 국밥집 문 앞에 쪼그리고 앉는다. 다리 힘이 쭉 빠지고 방금 먹은 수육이 목젖을 치고 올라온다. 어느새 우시장에 해가 뜨고 아버지와 나만 남는다. 김이 모락모락 오르는 쇠똥과 모닥불 연기만 남는다.

아버지와 같이 돌아오는 이십 리 길, 한마디 말이 없다. 아버지가 돌아보면 나는 고개를 푹 숙인다. 누군가가 신작로에서부터 집까지 가는 길에 길게 금을 그어놨다.

어머니가 감나무 아래에 나와 있다.

"소 팔러 간 거유, 술 팔러 간 거유. 어째 깜깜한 새벽에 소만 혼자 보내고 이제 온대유?"

후다닥 외양간으로 뛴다. 소가 누워 있다. 우리 집 소가 분명하다. 어머니가 헛간에서 계란 두 개를 꺼내온다. 소의 눈망울에도 계란이 두 개 끔벅인다. 아버지가 지게를 번쩍 지고 황소걸음으로 꼴 베러 나간다. 부챗살 같은 바지게 사이로 햇살이 찬란하다.

돌아오는 길 잃지 말라고, 말뚝을 뽑아 금 그으며 밤길 헤쳐 온 거다.

소의 무릎은 죽을 때까지 월식月蝕중이다. 소가 무릎을 폈다 접을 때마다 월식중인 달빛이 살결에 스며든다. 땀 많이 흘린 일소일수록 달그림자가 켜켜이 서려 있다. 쇠고기에는 달의 나이테가 있다.

기적을 믿어라

아버지는 아침마다 면노했다.

마루 기둥에 걸린 작은 거울을 우물가 숫돌에 받혀놓고, 한 고랑 한 고랑 주름을 펴며 수염을 깎았다. 아침 햇살이 거울 속으로 들어가서 제 밝은 얼굴로 그을린 서까래를 비췄다. 우리 집에서 가장 밝은 눈을 가진 거울! 나는 거울을 믿었다. 닭장 안 쥐구멍도 밝힐 수 있고 감나무 우듬지에 앉아 있는 까치의 날갯죽지도 비출 수 있었다. 까치 눈동자에 거울 빛을 반사시키면 놀란 까치가 마구잡이로 울어대며 대숲 너머로 날아가곤 했다. 까치가 울면 소식이 온다 했으니, 오늘은 이 한적한 시골마을에 종합선물세트들이 줄줄이 날아오려나?

바람이 조금만 불어도 심심한 거울이 집 안 곳곳을 두리번거렸다. 달밤이건 한낮이건 거울의 눈길이 닿는 곳은 환하게 빛이 났다. 저렇듯 밝은 눈으로 나이를 먹어가리라. 만약 지혜라는 것이 나에게 깃든다면, 저 거울 눈을 가지리라. 거울은 혼자 놀기 좋아하는 나의 오래된 친구였다.

면도를 마치고 나면 아버지는 거울에 대고 혼잣말을 했다. 내가 곁에 있어도 신경 쓰지 않았다. 거울만 들여다보면 아버지는 혼자가 아니라 여럿이었다.

"머리까지 다 밀어야겠어. 그러고는 수염을 길러야지. 어서 말을 한 마리 사서 수염을 휘날리며 타고 다녀야 할 텐데."

많이 듣다보니 이제는 아버지의 말씀이 아니라, 거울이 말하는 것 같았다. 어느 날부터 나도 거울을 들여다보며 속삭였다.

"아버지는 나에게 말고삐를 건네줄 거야."

하지만 아버지는 말을 사지도, 머리를 밀지도, 수염을 기르지도 않으셨다. 거울을 보고 자신의 낭만을 잃지 않는 걸로 만족했다. 거울과 이야기를 마친 아버지는 금세 영화배우가 되고, 젊은 군인이 되고, 막 사랑에 빠진 소년이 되곤 했다. 부엌에서 아침상을 들고 나오던 어머니는 "큰애가 당신 닮아서 거울을 참 좋아해유. 쟤도 멋쟁이가 되겠죠?" 하며 박꽃처럼 웃으셨다.

어느 날, 아버지는 수염을 깎으며 나에게 말했다.

"너에게 기적을 가르쳐주마. 기적은 창조하는 거야. 모든 것은 역사가 증명한단다. 기적의 역사!"

햇살 그득한 거울에서 뿜어져 나오는 아버지의 말은 힘찼다. 신의 계시 같았다. 나의 마음은, 벌써 무릎을 접고 거울의 음성에 귀를 기울이고 있었다. 작은 두 주먹에 땀이 고였다.

"외양간에 수송아지 보이지? 오늘부터 저 송아지는 네 것이다."

나는 말끔하게 면도를 마친 아버지의 손에 이끌려 외양간 앞에 섰다. 소 엉덩이 뒤쪽에서 성모 마리아가 걸어나올 것만 같았다.

"너는 오른손잡이니까, 송아지 머리를 오른쪽으로. 이렇게! 앞다리 쪽에 오른팔을, 뒷다리 앞에 왼팔을 넣고, 하루에 한 번씩 송아지를 들어 올려라."

번쩍 들린 송아지가 목 놓아 울어댔다.

"그래 잘했다. 소 한 마리 드는 것이 이렇게 쉽단다. 매일 아침저녁으로 송아지를 들어 올리도록 해라. 어제 들어 올린 소를 오늘 왜 못 들어 올리겠니? 겨울이 오기도 전에 너는 천하장사가 될 거다."

어미 소는 눈알을 희번덕이며 절대 그럴 리가 없다고 고개를 저었지만, 나는 믿었다. 다 거울의 말씀이므로.

"이제 이리 오너라."

아버지는 날 데리고 바깥마당으로 갔다. 바깥마당에는 빗자루로 쓸 댑싸리가 자라고 있었고, 그 옆에 풋수숫대가 몇 주 서 있었다.

"수숫대가 꺾여도 괜찮다. 아침저녁으로 뛰어넘어라. 그러다보면 수수

모가지 간들거리는 가을께에는 지붕도 훨훨 나는 기적의 역사가 이뤄질 거다. 모든 것은 역사가 증명한단다. 아버지가 네 나이라면 너처럼 기적의 주인공이 될 것인데……. 아버지는 수염 기르고 말이나 타야겠다."

하지만 꽃상여를 탈 때까지도 아버지의 말은 어디에도 없었다.

언제, 나는 소를 잃어버렸나? 언제부터 수숫대를 우러러보지 않았나? 언제, 기적에 대한 믿음을 잃어버렸나? 그 아름다운 허풍들은 어디로 다 소풍을 떠났나? 아버지 따라 선산 무덤 속으로 땅굴 견학을 갔나? 갈기 휘날리던 기상은 어느 말 무덤으로 사라졌나?

나는 기적의 말씀을 믿는다. 하지만 소 한 마리 들어 올릴 힘을 어디에 쓸 것인가? 훨훨 날아 어디에 몸을 부릴 것인가?

아버지는 그걸 숙제로 던져주셨다. 나는 거기까지 깨우치고 나아가야 기적의 역사임을 아는 나이가 되었다. 말씀 그득한 거울을 들여다보며 나는 오늘도 수염을 깎는다.

"마음 안창에 천리마를 들여야겠어."

나지막한 거울의 목소리를 듣는다.

"달리기 전에 만 평 풀밭부터 뜯어 먹으렴."

황새울에는 오리가 산다

우리 동네 이름은 황새울이다. 우람한 소나무에서 초록 들녘으로 저벅저벅 내려앉는 황새들. 서너 걸음 뒤에서 뒷짐 지고는 농사일은 잘하는지 이것저것 참견하는 흰 도포자락들.

방앗간 임씨 아저씨는 아버지와 농을 잘 쳤다.

"혼자 일하는 것이 안쓰러워서 황새들이 논바닥에 그득하네."

"자네가 바쁘다고 해서 내가 소나무 우듬지까지 일일이 찾아가서 김매는 걸 거들어달라고 했네."

"그런데 어째 자네 논에는 두어 마리 뒷짐만 지고 있고, 부탁도 안 한 우리 집 논엔 한가득 들어앉아 김을 맨다나?"

"그거야, 지난번에 공짜로 떡살을 빻아줬지 않나? 그래서 참으로 먹으라고 우렁이 한 세숫대야를 자네 논에 던져놓았지. 그랬더니 저렇게 부지런을 떠네."

"이거야, 떡가래까지 뽑아줬으면 포기벌이도 안 한 논에서 나락까지 털어다가 우리 집 마루에 부려놓을 뻔했네."

"그러게. 담에는 인심 좀 더 써봐. 황새들한테 자네 집 닭장 둥우리에 알을 낳으라고 할 테니까."

어느 봄날, 아버지는 장에서 오리를 사오셨다. 오리막을 짓고 닭 사료를 주었다. 풀을 뜯어다주고 개구리도 잡아다주었다. 오리 예닐곱 마리가 돼지만큼 먹어댔다. 아버지는 오리를 길들여서 텃논에 풀어놓았다. 저물녘이 되면 꽥꽥거리며 오리들이 집으로 들어왔다. 대장 오리만 잘 다루면 나머지 오리들은 졸래졸래 집으로 용케 들어왔다.

문제는 오리들이 식수로 쓰는 대동샘에 들어가서 헤엄을 치고 물똥을 싸놓는 것이었다. 동네 아주머니들의 원성은 오리 알로 대신하고 대동샘 근방에 막을 쳤다. 오리들이 막 팬 나락을 훑어먹기 시작할 즈음, 다행인지 불행인지 한두 마리씩 설사를 하더니 며칠 만에 두 마리만 남고 다 죽어버렸다. 둘은 고개를 여덟 팔자로 맞대고 잤다. 금실이 이만저만이 아니었다. 그러다가 짝이 죽자, 남은 한 놈은 죽은 짝 옆에서 꿈쩍도 안 했다. 아무것도 먹지 않았다.

"이거, 짠해서 오리 못 키우겠다."

아버지는 장에 가서 어미오리 두 마리를 사오셨다. 새 친구가 생기고 나서야 물을 삼키고 모이를 먹었다.

"큰애야. 네가 오리 좀 끌고 냇가로 다녀야겠다."

나는 긴 장대 두 개로 오리를 몰고 냇가로 갔다. 집에서 냇가까지는 백 미터쯤 되었다. 두어 번 길을 내주자 오리들은 논에 들어가지 않고 곧잘 냇가로 향했다. 냇가에는 먹을 게 많았다. 물이 시원했다. 냇둑에다가 여린 풀을 베어다주고 사료통도 갖다 놓았다. 문제는 오리들이 빨래터만 좋아하는 거였다.

그러던 어느 날, 방앗간 임씨 아저씨가 아버지게 한마디 건넸다.

"보기는 참 좋은데 말이여."

"뭐가?"

"냇가에 오리들이 헤엄치는 걸 보면 참 다정하단 말이여. 근데 식구가 자꾸 자네한테 한마디 건네라고 해서 말이여. 자네, 오리 좀 울타리에 가둬 키우면 안 되나?"

"왜 그런대? 오리가 자네를 오라 가라 귀찮게 하남?"

"걔들 노는 데가 냇가 빨래터 아닌감? 자네 집은 한일펌프를 달아서 물을 맘대로 쓰지만, 동네 아낙들은 아직도 냇가에서 빨래하지 않는가?"

"아이, 오리가 빨래를 방해하나? 오리가 자기 오리털 파카를 빨아 달 래?"

"그게 아니고 말이여. 빨래에서 오리 똥 냄새가 나서 말이여. 삼 솥에 대마 삶아다가 냇물에 식히려고 담가놓으면, 당최 그 겨릅대에 물찌똥을 싸놓아서 말이여."

"알았네. 가둬놓음세."

"삼베옷에서 오리 똥 냄새가 나면 저승사자가 좋은 데로 모시겠어?"

"알았다니까. 천둥오리 날아오면 냇가에 앉지도 못하게 해야겠군. 흠흠."

아, 삼삼하게 떠오른다. 빨래하는 아주머니들. 이른 저녁에 아저씨 아주머니들이 목욕을 마치면 깊은 밤엔 형과 삼촌들이 헤엄을 쳤다. 겨울이 되면 얼어붙은 냇물 위에서 팽이도 돌리고 썰매를 탔다. 설이 오면 그 얼음판을 도마 삼아 어른들이 돼지를 잡았다. 아, 생간과 돼지오줌보의 추억. 그 싱싱한 비린내와 삶의 푸른 웃음들.

지금은 황새울이란 이름도 새 지명에 가려 사라졌다. 우람한 소나무도, 황새도 없다. 왜가리들만이 왜소하게 날아다닐 뿐이다.

그런데, 십수 년 전부터 마을에서는 다시 몇 백 마리의 오리를 키우게 되었다. 논마다 오리막사를 짓고 오리농법으로 벼농사를 시작했기 때문이다. 여름 논에는 집오리가 그득하다. 집오리들이 일을 마친 뒤 식당가로 팔려가고 나면 천둥오리들이 논과 냇물에 내려앉는다.

"빈 논에다 뭔 일꾼을 저리 많이 모셨다나?"

아버지 목소리가 들리는 듯하다.

"자네가 요번에 참기름도 짜주고 고춧가루도 빻아줬잖아. 그래서 내가 자네가 좋아하는 학춤이라도 가르치려고 그러네."

어느덧 방앗간 아저씨도 아버지도 천둥오리들이 날아온 먼 나라로 떠나신 지 오래다.

물은 흘러 사라지는 게 아니다. 봇도랑 하나에도 세월과 이야기가 지느러미와 꽁지깃을 다듬으며 찰방찰방 샘솟는 거다. 추억의 물기둥이 가슴께에 고여서, 늘 빨래방망이 소릴 내는 거다.

훠어이 훠어이

주主라는 한자는 어둠 속에서 촛불을 밝히고 있는 형상을 그려놓은 상형문자이다. 세상 모든 존재는 그 자체가 모두 주이다. 나만 주이고 너는 변邊이고 환경環境이라는 이분법적 사고, 나는 높고 너는 비천卑賤하다는 우월의식이 폭력을 낳는다. 어둠 속의 나를 환히 밝혀 저마다 숭고해지는 것, 그 숭고하고도 아름다운 것들이 서로서로 빛을 감싸며 순환하는 것, 그게 우주와 자연의 신비며 힘이다. 생명의 찬란함이다. 거기에 인간도 있고 벌레도 있고 흙도 있고 바다도 있다. 존재 자체가 이미 숭엄하기에 인간의 잣대로 나눈 높낮이와 경계는 애초 없는 헛것이다.

어릴 적 풍경 하나 떠오른다.

잔치를 준비중인 할머니께서 두부를 만들고 난 뜨거운 국솥 찌꺼기를 가지고 부엌에서 나오신다. 외양간 구유도 돼지집 밥통도 이미 가득 채

워져 있다. 배부른 소는 되새김질중이고 돼지는 코를 골고 있다. 구정물
통도 잘름잘름하다. 할머니가 샘가 도랑 옆에 선다. 트위스트 추듯이 뜨
거운 물을 버릴까 말까 양팔을 흔드신다.

"훠어이 훠어이. 얼른 비켜라. 뜨건 물 나가신다."

그렇다. 도랑 속 작은 생명들이 다칠까봐 헛손질로 위험 경고를 하신
것이다.

또 한 풍경이 떠오른다.

푹푹 찌는 보리밭 두둑, 동네 어르신 한 분이 작대기로 알지게를 두드
리며 누런 보리 이삭에나 대고 소리치신다.

"내일 보리 벤다. 참말이여. 내일 새벽부터 보리 베니깐 서둘러라, 잉!"

보리밭에 깃들어 사는 들쥐며 두꺼비며 개구리며 뱀이며 각종 벌레며
새들에게 이사 가라는 거다. 밤사이 좋은 곳으로 떠나 새 보금자리를 잡
으라는 말이다. 이 얼마나 아름답고도 거룩한 풍경인가. 속이 다 비치는
삼베옷에 얼굴은 시커멓게 그을린 거지꼴이었지만 그 안에 하느님이 고
이 깃들어 있었던 것이 아닌가. 사람이 이리도 아름다운 것이다. 지겟다
리에서 튕겨나가는 작대기 부딪는 소리, 군살 하나 없는 저 소리야말로
우주율이 아니고 무엇이겠는가.

자, 환경보호도 자연사랑도 인간존중도 거기까지만 가자. 거기 작은
옛 마을로 가자. 뜨거운 구정물이 멈칫멈칫 흘러가던 그 자리! 보리밭을

굽어보던 불콰한 서녘 하늘! 그 아래로 가서 도란도란 감자 구워 먹으며, 잘 왔다고 서로 젖은 눈으로 별빛이나 우러르자. 베잠방이 숭숭한 구멍까지만 가자. 별빛이 먼저 가 있는, 반딧불이 먼저 가서 불 밝히는 그곳으로 사랑만 갖고 가자. 설운 마음만이라도 가자.

텔레비전과 간첩의 상관관계

우리 동네에 전기가 늘어온 것은 중학교 2학년 때다.

전기가 들어오자 밥술로만 가늠되던 빈부차가 각종 전자기기로 판가름 났다. 최고 부잣집인 샘안집에 텔레비전이 들어왔다. 하나뿐인 농구공으로 축구도 하고 배구도 하고 족구도 했을 적에는 공이 있던 용채네가 마을 아이들에게 그중 힘있던 집이었다. 농구공 하나로 공놀이에 고팠던 아이들의 노동력을 참 교묘하게도 이용했었는데, 이제 그 권력의 자리를 텔레비전이 꿰찬 것이다.

농구공 집 아이들의 위세는 바람 빠진 돼지오줌보처럼 기울고 텔레비전과 전축이 있던 샘안집과 윗마을 태학이네가 안테나로 뻣센 힘을 세워 올렸다. 그 당시 텔레비전 안테나는 부와 행복과 힘의 상징이었다. 마을 이장이라도 할라치면 텔레비전 정도는 당연히 있어야 했다. 이장 선

거 때마다 텔레비전을 내놓고 보던 그 안마당에서 표가 나왔기 때문이다. 그래야만 이장님 이장님, 하며 연속극을 얻어 볼 것 아닌가?

텔레비전 속에는 폭력이 그득했다. 권투와 레슬링과 전쟁 영화들. 어른들이야 일제강점기와 한국전쟁과 베트남 전까지 겪은 터라 대수롭지 않게 전쟁 장면에 고개를 끄덕이며 추억에 잠겼지만 우리들은 적잖이 충격을 받았다. 당연 우리들의 놀이도 감추기 장난에서 전쟁놀이로, 말타기와 자치기에서 범인 잡기로 바뀌었다. 공놀이보다도 간첩 잡기와 총 쏘기가 훨씬 재미있었다.

그 시절에 단연코 우리들이 좋아했던 프로그램은 〈수사반장〉과 〈113 수사본부〉였다. 왜 그리도 범인이 많고 간첩이 흔했던가. 군인과 경찰이 권력을 쥐고 있어야만 혼란한 사회를 그나마 유지할 수 있다는 정치 쇼. 그 폭력의 잔치에 애어른 할 것 없이 중독되어 갔다.

'어디 간첩 없나?'

'어디 유언비어 날조하는 사회 불순 세력은 없나?'

신고해서 애국하고 상금 타서 부자가 되는 삶을 누구나 꿈꾸었다.

시시때때로 배우는 간첩식별요령을 그대로 적용해보면, 간첩은 필시 우리 집 할아버지나 아버지나 삼촌이었다. 새벽 일찍 산에서 내려오는 사람, 담뱃값을 몰라 거스름돈을 챙기지 못하는 사람, 밤늦게 라디오를 듣는 사람, 라디오 주파수가 안 맞아 이상한 신호음을 듣는 사람, 신발에 황토 흙이 묻어 있는 사람 등등. 의심의 눈초리가 어느 정도로 마음을 짓누르고 불변의 가치로 군림했는가는, 당시 모 고등학교 표어 응모 일등 수상작을 보면 단박에 알 수 있다.

'우리 집 오신 손님 간첩인가 다시 보자.'

얼마나 장한가. 그 표어를 뽑아놓고 대단한 애국심에 상장과 상품을 하사하던 애국 조회를 떠올리면 아찔하기까지 하다. 그 정도면 충성심을 넘어 광기다.

표어 중에는 '간첩은 녹음기를 노린다'도 있었다. 어린 나는 '휴, 다행이다. 우리 집은 라디오밖에 없어서 간첩은 오지 않겠구나?' 하며 안심했다. 녹음기가 있는 약방집과 샘안집은 잘만 하면 간첩 잡아 더 큰 부자가 될 수도 있겠다 싶었다.

그때 나는 녹음기를 노린다는 말이, 수풀 우거진 여름철에 간첩들이 주로 침투한다는 뜻이란 걸 알지 못했다.

할머니의 광주리

해는 늘 초롱산 이마 위로 솟았다.

고향집 마루에 서서, 내 어릴 적 꿈과 서러움을 곱어보던 초롱산을 바라본다. 초롱산처럼 아름다운 이름을 가진 산을 나는 아직 만난 적이 없다. 산 너머 동쪽에는 누가 살기에 날마다 둥근 해를 밀어 올릴까?

초롱산 아래엔 청녀울, 청녀울 옆엔 등골, 등골 옆엔 세월이란 동네가 있다. 나는 아직도 색시나 처녀란 말보다 청녀라는 말이 훨씬 아런하고 가슴이 시리다. 청녀는 푸른빛 머리칼을 가지고 있을 것 같고, 청나라에서 어찌어찌 이곳으로 온 젖은 눈망울을 하고 있을 것 같다. 그녀는 얼마나 많이, 저 초롱산에 올라 고국의 하늘을 그려보았을까? 그녀가 지나다녔을 세월이란 마을 길은 얼마나 눅눅했을까? 아, 세월이라! 막막한 억장의 세월이라!

초롱산 자락에 있는 세월이란 동네에는 과수원이 있었다. 할머니를 따라 그 과수원엘 가본·적이 있다. 세월이란 이름 때문일까? 삯을 계산하는 방법도 특이했다. 봄철에 일을 도와주고 여름이나 가을이 되어서 과일로 삯을 받는 것이었다. 사과꽃잎이 휘날리는 사과밭에서 하얀 쌀밥에 갓 구운 김을 얹어 먹는 맛이라니? 입을 크게 벌리면 초록이 무성한 초롱산이 나를 굽어봤다. 우리 집에서는 어렴풋이 보이던 초롱산이 큼지막하게 코앞에 서 있었다. 한눈팔고 걷다가 낯선 아저씨의 가슴팍에 부딪힌 것처럼 내 가슴이 마구 뛰었다.

할머니가 사과 궤짝을 손질하고 복숭아밭에 거름을 내는 동안 나는 탱자꽃을 가지고 놀았다. 탱자나무 울타리 속에는 가시철조망이 붉게 녹슬고 있었다. 나는 탱자가시에 묻혀 옴짝달싹 못하는 철조망이 안쓰러웠다. 그 어린 나이에 탱자나무 속 가시철조망의 운명을 세월의 슬픔으로 읽었을까? 어린 탱자나무가 울타리로서의 구실을 못할 때, 철조망은 기세가 등등했으리라. 나도 언젠가는 할머니 대신 품을 팔러 이곳에 오리라.

여름이 되면, 봄에 품앗이를 한 할머니와 아주머니들이 세월에 있는 과수원엘 갔다. 과수원에 가는 날은 언제나 비 오는 날이다. 농사일을 잠시 접을 수 있는 궂은 날이어야만 되기 때문이다. 이날을 얼마나 손꼽아

기다려왔나? 그제는 콩밭 매느라 안 되고 어제는 감자밭 북 주느라 안 되고…….

과수원에 다녀온 광주리가 앞집 바깥마루에 차례로 놓인다. 복숭아의 솜털이 빗물에 흥건히 젖어 있다.

"할머니 빨리 들어와유. 식구들이 다 기다리유."

나는 누구네 집 광주리가 가장 그득한지 두리번거린다.

"청녀울 논두렁에 다 옆을 뺏혔다. 비가 와서 논두렁이 얼마나 미끄러운지."

할머니가 빗물이 고인 고무신을 토방에 닦아 세우며 마루에 오르신다.

"왜 우리 집 복숭아가 제일 쪼끔이래유?"

나는 볼멘소리로 할머니를 흘겨본다.

"다른 아주머니들은 그저 많이만 달라고 보채니께 그렇지."

"할머니도 많이 달라고 하면 되잖아유?"

할머니가 거친 손으로 나와 동생들의 머리를 쓰다듬는다. 내 얼굴은 할머니 때문에 군살이 박힐지도 모른다.

"아니, 세상에서 젤로 이쁜 우리 손주들이 먹을 것인디, 내가 어찌 많이만 달라고 헌다냐?"

"난 많이 먹고 싶단 말이여."

"훌륭한 인물이 될라믄 이쁘고 잘생긴 걸루만 먹어야 혀."

"그럼 여기 썩고 병든 것은 왜 가져왔다?"

"그건 할미 거여. 할미는 이도 션찮고 잇몸도 부실혀서 딱딱한 복숭아는 못 먹어. 공짜로 얻은 거여."

"그거 빼니께 몇 개 되지도 않네 뭐."

"그랴도 세월 과수원에서는 최고 특상품으로 가져온 겨."

세월이 많이도 흘렀다. 청녀울에 살던 사람들도 다 떠나고 새로 이사 온 두 가구만이 불빛을 내건다. 청녀울은 이제 없다. 지도상의 이름인 백동으로 불린다. 과수원도 없다. 과수원이 있던 자리는 목초지로 변해 있다. 젖소들은 어슬렁어슬렁 그 옛날의 사과꽃과 복숭아꽃이 진 자리에서 킁킁 향기를 맡으며 풀을 뜯고 있다.

할머니가 돌아가신 지 한참이 되었다. 과일가게 앞을 지나다 문득 그 안을 쳐다보면, 제일 후미진 자리에 할머니가 덤으로 앉아 계신다. 생전의 모습처럼 허름하시다. 과일가게의 향기는 저 구석진 자리에서 피어오르는 것!

잘 포장된 과일 바구니 안에서 나를 향해 무슨 소리가 들려오는 것 같다.

"곧고 반듯하게 잘 사냐?"

복숭아 터럭이 들어갔는지, 목덜미가 가렵고 뻐근하다.

후드득후드득 소나기가 지나간다.

고향에도 지금쯤 비가 내릴까? 청녀울을 지나, 세월을 지나, 초롱산에 오른 빗줄기의 가녀린 종아리가 보이는 듯하다.

노심초새

새총이 미끈하게 잘 만들어졌다. 소나무로 만든 새총은 모양새도 일품이지만 새총을 겨눌 때마다 불에 달군 솔 향이 물씬 풍겨 좋았다. 솔새도 잡고 까치도 구워 먹어봤다. 꿩은 몸통을 맞고도 그대로 날아가버렸다. 얼마나 기술을 더 갈고 닦아야 밤톨만 한 꿩의 머리통을 적중시킬 수 있을까?

내가 정말 잡고 싶은 새는 노심초새이다. 이 노심초새와 한번이라도 눈을 맞닥뜨리면 잠이 안 오고 가슴이 뛰고 혀끝이 마른다고 한다. 내 눈에는 왜, 그 새가 안 보일까? 할머니도 보고 어머니도 봤다는데, 얼마나 휘황찬란하면 모든 사람을 홀린단 말인가? 할머니마저도 홀린 것을 보면 사랑에 빠져야 볼 수 있다는 소쩍새도 아니고 원앙도 아니련만, 얼마나 수려한 외모로 울어대기에 어른들의 새벽잠을 앗아간단 말인가? 한

번은 나도 그 새를 만날 양으로 잠 못 이루고 헛기침을 해대는 아버지처럼 이불 속에서 새벽을 기다린 적이 있었다. 그러나 헛일이었다. 오줌을 누려고 일어났을 때에는 벌써 쇠죽가마가 끓는 아침이었다. 학교 갈 채비 안 하고 뭐하냐고 어머니가 큰소리로 이불 속 어린 것들을 깨우고 있었다.

왜 우리는 밤 열한 시를 넘기지 못할까? 왜 노심초새는 꼭 새벽 두어 시가 지나야 꺼이꺼이 울며 사람의 집으로 내려오는가? 노심초새는 낮에는 어디에서 잠을 자나? 동굴일까? 초롱산 꼭대기일까? 일본 놈들이 파놓은 금광 터널일까? 아침을 먹는 동안에도 궁금함이 머리에 그득하다.

아버지와 어머니가 아침을 먹는 내내 한숨을 푹푹 쉬며 아무 말도 안 하는 걸 보면, 밤사이에 또 그놈의 노심초새가 다녀간 게 분명하다. 건넌방에서 주무시는 할머니가 아침을 안 드시겠다며 끙끙 앓아누우신 걸 보면 이놈의 노심초새가 한두 마리 날아온 게 아니다. 어떻게, 이 노심초새를 잡아서 구워 먹을까? 우리 초가집 추녀 밑에다 녀석들이 진을 칠지도 모를 일이다. 주머니에 꽂혀 있는 소나무 새총을 잠시 서랍에 넣어두고 커다란 밤나무 새총을 들고 다니리라. 머리맡에 두고 자다가 내 기어코 놈의 머리통을 박살내리라.

다짐하며 어금니를 세게 무는 순간, 우두둑 차돌이 씹힌다. 차돌 부수어지는 소리를 들었으련만 어머니께서 아무 말도 안 한다. 반주로 내놓은 소주 한 컵을 아버지께서 단숨에 들이킨다. 조리로 뉘를 제대로 골라 내질 않은 걸 보면 노심초사한테 정신 줄을 빼앗긴 게 분명하다. 나는 도대체 언제 어른이 된단 말인가? 장남이라지만, 아직 마른버짐 덕지덕지한 여덟 살일 뿐인 내가 감당하기에는 힘에 부치는 새임에는 틀림이 없다. 왜 녀석은 어른들에게만 날아와서 어른들의 가슴을 후벼 파먹는 것일까?

까치는 왜 사람들의 머리카락에 밤새 둥우리를 짓는단 말인가? 빡빡머리인 내게 까치가 찾아들 일은 없지만, 까치는 게으름뱅이의 머리칼만 좋아한다는 말을 남임선생님한테 들은 적 있다. 그때 덕진이가 벌떡 일어나 선생님에게 질문했다.

"선생님, 우리 아버지와 할아버지는 세상에서 가장 부지런하십니다. 근데 아침마다 아버지와 할아버지는 까치집을 달고 일어나십니다. 그러니까, 선생님 말씀은 틀린 거 같습니다. 게으른 사람이 아니라, 게으른 어린이라고 바꿔야 할 것 같습니다."

우리는 박수를 쳤던가? 덕진이는 전체에서 일등을 놓친 적 없는 양계장집 아들이었다. 선생님 중에 덕진네 계란을 안 드신 분이 없다.

"그렇구나. 선생님도 사람이라 더러 실수를 한단다. 역시 〈어깨동무〉를 보는 덕진이는 언제나 바른말 대장이란 말이여. 근데 덕진아. 할 말 있으면 조용하게 일대일로 말하는 게 예의다. 너희들은 얼굴만 있지만 어른들은 체면이란 게 있으니께 말이다."

덕진이가 알겠다고 고개를 끄덕였다. 하지만, 나머지 애들은 체면이 뭐지? 뜨악하니 서로를 둘러볼 뿐이다. 체면이란 게 어른들만 드시는 무슨 국수쯤 되나보다 하고, 장난꾸러기 재오가 후루룩 쩝쩝 국수 삼키는 흉내를 냈다.

학교 갔다 오니 외양간이 텅 비어 있다. 아버지가 내 까까머리를 쓰다듬으며 말씀하셨다.

"소는 곧 다시 넣을 거여. 늙다리라 바꾼 거여. 곧 좋은 암송아지 한 마리 넣을 테니까, 내 송아지라고 생각하고 학교 갔다 오면 꼴 잘 베고 일요일 날마다 외양간 청소하는 거 잊으면 안 된다. 너도 이제 곧 아홉 살이야. 그 나이면 농사짓는 집안의 장남으로 밥값은 충분히 할 나이다."

다음 날 새벽, 어머니와 아버지의 말다툼 소리에 일찍 잠에서 깼다. 잘하면 노심초사를 볼 수 있겠는걸. 찢어진 문틈에다 뱁새눈을 갖다 댔다. 마당에 달빛이 그득했다. 술에 취한 아버지가 마루에 앉아 계셨다.

"들어와서 얘기해요. 시어머니 깨시겠어요. 그리고 애들 고단하게 자는 시간에 왜 자꾸 한 말 또 하고, 한 말 또 하고 그런대요."

"미안해. 암만해도 청녀울밭을 팔아야겠어. 초가다랭이논도 팔고 말이여. 서울에서 핏덩어리 둘 데리고 제수씨가 내려온 지 두 해가 지났어. 형이 돼서 죽은 동생을 위해 집 한 칸도 못 지어주면 그게 인간이겠어.

나는 초가집에 살아도 제수씨하고 조카들에겐 기어코 기와집을 지어줄
거여."

겨울 지나고 봄이 올 즈음, 선산 초입에 기와집 한 채가 들어섰다.

끝내 작은 어머니와 조카들은 그 빨간 기와집으로 이사 오지 않았다.
아버지의 소주잔이 맥주잔으로 바뀌었다. 기와를 얹고 방구들을 놓을
때쯤, 작은어머니께서 절대 들어오지 않겠다고 통보를 해오셨다.

그로부터 십여 년, 산속에서 빨간 기와집은 혼자 늙어갔다. 나도 무럭
무럭 자라서 그 노심초새가, 노심초사勞心焦思라는 말임을 깨우치는 나이
가 됐다.

우리 집 담장 아래로 내려온 그 빨간 기와는 나란히 누워 모래로 돌아
가고 있다. 매년 봄이 오면 거기에서 세상 가장 서러운 빛으로 이끼가 돋
는다. 노심초새의 깃털 빛으로.

고무신

고무신을 꺾어서 다른 한 짝에 끼우고 자동차놀이를 한다. 고무신 찻길은 모래로 지은 고속도로다. 고무신 자동차가 질주할 때마다 반바지가 내려가서 똥구멍이 보일 지경이다. 한가득 모래를 싣고는 화물차인 양 부르릉거리기도 하고, 파란 고욤을 태우고 감잎 차표까지 받으며 고속버스를 운전하기도 한다. 서울 지나 평양까지 한달음이다.

"우리의 소원은 통일, 꿈에도 소원은 통일."

합창까지 한다. 이것도 질리면 고무신을 물에 띄워 뱃놀이를 한다. 둥둥 떠내려가는 외짝 고무신을 따라 냇둑을 달리는 홀라당 벗은 아이들의 사타구니에서 호두알이 달랑거린다. 햇볕이 따갑다.

애써 잡은 물고기가 죽어 있다. 미꾸라지만 겨우 살아 있다. 버들붕어, 송사리, 버들치, 피라미는 둥둥 옆으로 누워 있다. 고무신 어항이다. 검정 고무신이 죽은 피라미와 송사리의 비늘 때문에 흰 고무신 같다. 물장 구치며 노는 동안 따가운 햇살에 한껏 달아오른 것이다. 피라미 뱃구레 는 벌써 썩었는지, 쉬파리까지 웽웽거린다. 물놀이에 배가 고프다.

"구워 먹으면 괜찮을 거야."

용욱이가 소리친다. 도복이가 버드나무 가지를 꺾어 물고기를 꿴다. 삭정이를 주워서 불을 놓는다. 인모가 주머니에서 소금을 꺼낸다. 새까 만 입술을 보며 서로 키득거린다. 해 가는 줄 모르고 다시 물놀이를 한 다. 한두 명씩 나와서 두렁콩 사이에 앉아 설사한다. 용욱이만 똥을 안 싼다.

"넌 배 안 아프냐?"

"내가 용가리 통뼈냐? 나도 아파."

"근데 왜 안 눠?"

"쌌어."

"언제?"

"그냥, 물속에다 내질렀어."

"더러운 새끼!"

가래침을 뱉으며 맑은 상류 쪽으로 올라가 몸을 씻는다.

"설사 똥으로 된장국 끓여 먹을 새끼!"

아이들이 식식거리며 집으로 간다.

밤새 설사가 이어진다. 할머니의 거친 손바닥이 물매미처럼 내 배 위를 빙빙 돈다. 할머니가 안 계신 애들은 어떻게 배앓이를 하나? 나는 할머니가 참 좋다. 어머니와 아버지는 벌써 잠드신 지 오래다. 나와 할머니만 뜬눈으로 밤을 새운다.

"민물고기 안 익은 거 먹으면 몸 상하는 거여."

할머니를 생각하면 먼저 흰 고무신이 떠오른다. 정성스레 잿물로 닦아서 흙마루에 세워놓은 흰 고무신. 신발에 고인 맑은 물 한 모금은 강아지 몫이었다. 나들이가 잦은 것도 아니시건만, 할머니는 왜 그토록 고무신에 맘을 쏟으셨을까?

할머니는 목숨보다 소중한 아들 셋을 잃었다. 그것도 다 농약을 먹고 하직했다. 토방에 놓인 삼촌들의 고무신. 마지막 길을 예감하고 가지런히 벗어놓았지만, 거품 북적이며 생의 에움길을 헤매던 경황없는 사이에 마구 짓밟혀 헛간으로 마루 밑으로 흩어져버렸다.

주검을 수습하고 돌아와 삼촌의 신발을 부여안고 울던 넋 나간 할머니의 모습은 나를 한없이 슬프게 했다. 깨끗이 닦아서 불구덩이에 넣고는 먼산바라기 하시던 할머니. 고향에 갈 때마다 할머니의 슬픔이 서리서리 산마루에 걸쳐 있는 것 같아서 마음이 캄캄해진다. 골골마다 한숨이 서려 있는 듯, 비둘기 소리 처량하게 들려온다. 빗소리도 고향 양철지붕의 빗소리가 가장 처연하다.

농약을 마신 막내삼촌이 막 숨 몰아쉬던 안마당

그때 그 자리에서 할머니가 마른 고추를 가른다

삼촌도 견뎠으면 맵고 붉게 익었을 것이다 고추 가위는

입만 벌리면 아직도 멀었다고 가위표를 내보이는데

조카들도 장성했으니 이만하면 됐다고, 삼십 년이면 충분하다고

숨 멈춘 뒤에도 솟구치던 게거품이 노란 씨앗으로 쏟아진다

붉고 매운 눈물의 나날이 배를 가르고 뛰쳐나오자

고추의 빈 뱃속으로 햇살 들이친다 삼십여 년이면 족하다고

재채기도 없이, 삼촌의 방에 불이 켜신다

고추를 가르던 손으로는 눈물을 훔칠 수 없다

눈길도 없이, 나와 할머니의 눈에 붉은 등이 켜진다

― 졸시 〈고추의 방〉 전문

    할머니는 고무신을 깨끗이 닦아 신으셨지만, 짝을 제대로 맞춰 신지는 않으셨다. 사람이 찾아오면 버선발로 뛰어나가기 때문이었다. 사람에 대한 할머니의 극진함은 동네 조무래기들도 알았다. 형편없는 코찔찔이에게도 도련님이라고 부르면서 허리 굽혀 예의를 갖추셨다. 그러면 나까지도, 그 코찔찔이의 부하가 되는 것 같아 속상하기 이를 데 없었다.

    "너를 높이려고 그러는 거여. 네 친구를 하대하면, 너까지 형편없어지

는 거여."

　나중에 한문 공부를 좀 하고 나서야 할머니의 기품 있는 성정이 아름답게 다가왔다.

　도리상영倒履相迎이란 말은 할머니에게 딱 들어맞는 말이었다. 도리영객倒履迎客이라고도 하는 이 말의 유래는 이러하다.

　동한東漢 헌제獻帝 때, 좌중랑장左中郎將 벼슬을 하는 채옹蔡邕이라는 사람이 있었다. 그의 집은 손님들이 문전성시를 이뤘다. 어느 날 대문 앞에 왕찬王粲이라는 손님이 와 기다린다는 전갈이 왔다. 이 말을 들은 채옹은 즉시 손님들을 물리치고 그를 맞았는데, 급히 달려나가는 바람에 신발을 거꾸로 신었다. 채옹은 왕찬을 객청客廳으로 안내했다. 사람들은 이 대단한 손님을 보고 놀라지 않을 수 없었다. 알고 보니 왕찬은 어린아이였던 것이다. 사람들은 '고관대작인 채옹이 어린아이를 보고 이처럼 황망하게 영접하다니 설마 자신의 신분을 망각한 것은 아닐까?' 하고 생각했다. 채옹은 사람들의 놀라는 모습을 보고는 곧 해명했다.

　"이 분은 왕찬이라는 사람인데, 저는 그보다 못합니다. 저희 집의 모든 책은 마땅히 그에게 드려야 합니다."

　채옹은 이어서 놀라운 이야기를 들려주었다.

　"하루는 친구들과 함께 길을 가다가 비석 하나를 발견하였습니다. 비석 위에는 많은 비문이 새겨져 있었답니다. 그의 친구들이 그에게 그 글자들을 외울 수 있겠느냐고 묻자, 왕찬은 눈으로 한번 훑어보더니 이내 한 글자도 틀리지도 않고 외우더랍니다."•

채옹처럼 벼슬을 하지는 않았지만, 할머니가 사람을 대하는 태도는 그에 못지않으셨다. 할머니는 아이들을 꾸중하지 않았다. 우리 집 텃밭 두둑에 있는 호두나무며 대추나무며 감나무며 살구나무 열매들은 다 동네 아이들 차지였다. 할머니와 아버지는 현명하셨다. 어차피 아이들 차지일 바에야, 좋은 과일로 한 바가지만 따다 놓으라 했다. 아이들은 한꺼번에 따먹지 않았다. 잘 익은 최상품으로 한 바가지를 따다가 우리 집 마루에 올려놓기만 하면 어차피 다 자기들 것이니까 욕심을 부리지도 않았다. 다른 동네 아이들에게 서리 맞는 것만 빼고, 나머지는 다 자기들 몫이었다.

약속은 잘 지켜졌다. 봄이 되면, 아버지는 텃밭 두둑에 한두 그루씩 유실수를 사다 심으셨다. 심지어 담장 옆으로 긴 두둑을 일궈 딸기도 심고 포도 넝쿨을 올리셨다. 단감나무도 심으셨다. 그러니 우리 집 바깥마당에는 늘 아이들의 웃음이 그득했다. 놀이에 열중인 아이들은 아무렇게나 신발을 벗어놓고 놀다가 잃어버리곤 했다. 우리 집 독크가 신발을 물어다가 두엄 무지나 짚더미에 쑤셔 박기 일쑤였기 때문이었다. 신발을 자주 잃어버리던 내가 갈치 비린내를 묻힌 신발을 멀리 내던지고는 물

•《삼국지》, 〈위서(魏書)〉 권21, 〈왕찬전(王粲傳)〉.

어오도록 훈련시킨 결과였다. 할머니는 그런 고무신을 깨끗이 씻어서 바깥 마루에 비스듬하게 세워놓았다. 신발을 잃어버리면, "야, 정록이네 가봐라"라는 말이 나돌기도 했다. 하지만, 이건 5,6학년 때 일이다. 4학년 때까지 나는 맨발로 집에 돌아오기 일쑤였다.

신발을 잃어버리면, 먼저 맨발에 느껴지는 자갈길의 아픔이 설움을 북받치게 한다. 게다가 동네 어른의 애처로운 눈길이 내 까만 발에 닿을라치면 울음은 더욱 격정적으로 치솟는다. 대기의 물방울마저 기다렸다는 듯이 내 눈물에 보태어져 늑골 사이 눈물샘에 고인다.

"고무신은 어디다 놓고 맨발로 오니?"

어깨는 오르락내리락, 깊은 곳에서 뜨거운 용암이 펌프질한다.

새들의 날갯깃 치는 소리도 나를 비웃는 것 같다. 길가의 플라타너스 이파리가 손뼉을 치며 키득거린다. 앉은뱅이 다리를 지나 상엿집 모퉁이를 돌아드니 물꼬 흘러내리는 소리가 기분 나쁘게 들려온다. 염소 울음소리도 나를 골리는 것만 같다. 상엿집에서 혓바닥이 긴 동물이 "메롱!" 툭 튀어나올 것만 같다.

남들보다 두 살 일찍 초등학교에 입학한 나는 학교 공부를 따라갈 수 없는 어려움만큼이나 외로웠고 슬펐고 주눅 들어 있었다. 세찬 비바람에 웅크리고 있는 나무는 작은 충격에도 문풍지처럼 운다. 남들보다 약하다 느끼는 순간, 주위의 모든 바람이 제 바람의 세기를 그 작은 나무

앞에 와서 툭툭 가눠보는 것이다. 그래서 더욱 쓸쓸히 우는 산정의 작은 나무들. 나는 춥고 보잘것없는 나무였다. 내가 할 수 있는 일이라곤 아이들이 모여 노는 양지를 비켜 응달을 지키는 일이었고, 쓰레기장의 매캐한 연기 사이에서 꺼져가는 불씨나 들쑤시는 것이었다. 스스로 변두리가 되고 헛간이 되어 친구들의 뻐김에 눈치를 보며 추임새나 넣는 것이었다. 아이들은 날 깔보는 재미로 학교에 다니는 것 같았다. 내 별명은 '애기'였다.

여덟 살밖에 먹지 않은 초가을 오후, 나는 3학년이었다. 불알친구들은 코 수건을 메달고 다니는 1학년이있다. 그 불화가 만드는 자디잔 폭력들.

그날은 이미 운동장의 플라타너스 나뭇잎처럼 슬픔이 가득한 날이었다. 열흘 남짓으로 고무신을 두 번이나 잃어버린 것이다. 쓰레기장의 불씨를 쑤시며 눈물을 흘리고 있었다. 까매진 맨발이 꼭 고무신을 신은 것 같았다. 반 친구들보다 어렸기에 신발 또한 작아야 마땅하고, 그렇다면 그 누구도 내 고무신을 훔쳐가는 아이들이 없으련만, 아버지는 언제나 구럭 같은 고무신을 사오시고는 "신코에 북두칠성을 새겨놨으니 아무도 네 신을 넘보지 못할 거야" 하며 어깨를 토닥여주셨다. 하지만 아이들은 훔쳐간 신발 코에 먹구름도 그려 넣고 무좀이란 훈장도 새겨 넣었다. 내 신발은 또 남의 집 토방으로 고스란히 이사를 가버린 꼴이 되었다. 혹여,

어느 놈이 가져간지 안다 할지라도 내가 할 수 있는 일이라고는 그 녀석의 켕기는 마음 씀씀이에 끌려다니며 별 볼 일 없는 놀이를 구경하는 정도였다. 먹구름으로 치장한 고무신 콧등에 북두칠성이 숨어 있었다. 북두칠성은 또렷한 눈빛으로 나를 올려다보고 있었다.

'네 고무신이 맞아. 어서 내놓으라고, 크게 외쳐봐.'

나나 북두칠성이나 은하수나 억장이 무너질 뿐이었다.

쓰레기장의 불씨가 내 여린 발바닥을 지질 때마다 나는 눈물을 훔치며 나 자신만 원망할 뿐이었다. 왜 두 살이나 일찍 학교에 들어와서 이런 수모를 당한단 말인가? 오로지 나를 한탄할 수밖에 없었다. 입학 때, 정영섭 선생님과 아버지가 막걸리 잔을 놓고 약속하신 대로 나는 3학년에 진급하지 말았어야 했다. 다시 1학년으로 내려가서, 그간 겪은 설움을 당당하게 돌려주며 생활하면 좋으련만, 그럼 등수도 높게 나오고 반장도 할 수 있으련만.

슬픔은 언제나 파도처럼 겹겹 밀려오는 것이다.

매캐한 쓰레기 소각장에서 깊은 슬픔에 빠져 있다가 고개를 쳐들었을 때, 같은 반 아이가 돌리는 불 단 수수 빗자루가 내 입술을 지져버렸다. 일순간에 내 입술은 참새 날개처럼 타버렸으니 아픈 것은 고사하고 이제 어떻게 집으로 돌아간단 말인가? 겁에 질린 친구는 내가 그랬다고 이르면 학교 다 다닐 줄 알라고, 네 책을 쓰레기장에 몽땅 태워버릴 거라며 달음질을 쳤다. 나는 시커먼 맨발과 퉁퉁 짓무른 입으로 한참을 울다가 정말 죽기보다도 싫은 집으로 향해야만 했다. 열 살만 먹었어도 가출을 했으리라.

신작로가에는 먼지를 뒤집어쓴 코스모스들이 꽃봉오리를 오므리고 일제히 내 입술을 흉내 내고 있었다. 동그랗고 작은 코스모스 봉오리는 톡 터뜨리면 맑은 물이 흐른다.

'너는 왜 우니? 날 흉내 내는 것이니?'

알미운 코스모스 봉오리를 훑어 신작로에 흩뿌리다가, 코에 대고 향을 맡는다.

'아, 이리도 서러운 눈물의 향이 있구나.'

쓰라린 맨발처럼 붉은 노을이 퇴뫼산에 떠 있었다.

막막함은 언제나 칠흑이다.

때마침, 이른 저녁상을 받아놓고 있던 가족들이 내 사나운 몰골을 바라본다. 한꺼번에 몰려드는 무서운 눈빛! 처마를 잘못 건드렸다가 쏟아지는 고드름에 목덜미를 베일 때처럼, 내 작은 새가슴에 칼날 같은 눈초리들이 날아들었다.

'아, 이대로 죽어버릴 수는 없을까?'

힘센 삼촌이 성큼성큼 안마당을 가로질러와, "이 병신 같은 놈!" 하며 멱살을 잡고 날 들어 올릴 때, 기둥에 박혀 있던 쇠못이 뒤통수에 부딪히고, 내가 가까스로 참고 있던 울음을 터트리자, "이놈이 뭘 잘했다고 울어!" 한 뼘 더 들어 올릴 때, 매달아놓았던 햇마늘의 흙들이 내 가슴과 등짝으로 부스스 쏟아져 들어왔다. 저 아득한 마루에서는 동생들이 젖은 눈으로 나를 바라보고 있고, 아버지는 짐짓 돌아앉아 담배에 불을 붙이신다. 고무신 밑창으로 만든 쇠파리채를 들고 외양간으로 간다. 파리채를 휘두를 때마다 소의 눈망울이 통마늘처럼 허옇게 뒤집어진다. 어머니는 앞치마를 걷어 올려 콧물만 훔치시며 부엌으로 들어가신다.

아, 할머니! 할머니가 나를 빼앗아 발을 씻기고 입술을 씻기고 방에 들게 했다. 아무 소리도 들리지 않았다. 난 그 어떤 문밖 소리도 안 듣고 할머니의 거친 손길을 느끼며 숭늉을 한술씩 받아먹는다. 나는 커서 할머니가 되고 싶다. 삼베 같은 할머니의 손길이 되고 싶다. 가도 가도 끝이 없을 가르마의 외길, 그 끝에 놓인 작은 암자庵子여! 할머니는 곧 부처가 되시리라. 나는 곧 스르르 잠이 들었다.

어디에서 구해왔을까? 어머니께서 고무신 한 켤레를 마루 위에 올려놓는다. 양말을 두 켤레나 신고 신발 코에 농민신문을 구겨 넣었는데도 많이 덜걱거린다. 그래도 어머니가 최고란 생각이 든다. 나는 다시 어머니가 되고 싶다.

'할머니보다는 어머니가 더 오래 사실 거야.'

어머니의 파마머리가 되고 싶다. 일을 마치고 들어오신 어머니가 머리를 빗으며, "이놈들, 라면머리 속에서 엔간히도 어지러웠겠다. 길도 못 찾고" 하시며 날 보고 웃는다. 방바닥에 떨어진 개미와 들풀거미가 줄행 랑을 놓는다.

입술이 퉁퉁 부어 밥을 며칠 못 먹었다. 세상에 만약 지옥이 있다면, 그곳에 있는 사람들은 입이 없으리라. 맛난 음식이 그득그득한데 젓가 락을 든 손이 구부려지지 않으리라. 얼음 냉수도 눈앞에 있는데 눈으로 만 마셔야 하리라. 갈증과 식욕이 넘쳐나서 머리를 쥐어뜯고 싶은데 팔 은 굽혀지질 않고, 고함을 치고 싶은데 입은 움직여지지 않으리라.

죽도 미음도 아래턱이 없는 것처럼 흘러내릴 뿐이었다. 어머니가 숟가 락으로 묽은 미음을 떠서 내 입술과 혀를 적셔주었다. 입술은 더욱 부어 올라서 콧등에 닿았다. 마지막 라운드까지 뛴 권투선수 알리의 입술이 었다. 파리는 떼로 날아와 진물 성찬을 즐겼다.

"일어나라. 누워 죽느니 네 입술을 망가뜨린 그 자식, 얼굴이나 봐야 겠다."

"일부러 그런 게 아니라니까!"

어머니는 내 손을 잡아 일으켜세웠다. 얼굴은 퉁퉁 붓고 입술은 말벌 에 쏘인 듯 볼품없었지만, 옷은 그중 좋은 것으로 갈아입혔다. 철퍼덕거 리는 고무신이 신경에 거슬렸다. 무서운 산길을 지나 구불구불한 논두 렁을 지나 효동마을로 갔다.

친구네 집은 가난해 보였다. 흙 담장은 터지고 지붕은 기울어 있었다. 어린 마음에도 다행스럽게 느껴졌다. 으리으리한 기와집이었다면 어머니는 더 작고 초라하게 보였을 것이었다. 땟국 꾀죄죄한 친구가 고개를 숙이고 들어섰다. 친구 어머니의 목소리는 컸다. 부지깽이를 세게 휘두르는 것 같았지만, 종아리에 닿는 것은 드물었다. 애꿎은 안마당만 파였고 괜히 꼬리 치다 짖다 하는 똥강아지만 얻어터졌다. 어머니의 분노가 한밤의 분꽃처럼 오므라드는 게 보였다. 이제 그만 돌아가고 싶었다. 학교 가서 얻어터질 일이 걱정되었다. 어머니는 한동안 아무 말이 없으셨다. 친구가 스무 대쯤 얻어터졌다. 큰일이 났다. 드디어 어머니가 입을 떼셨다.

"네가 우리 집 장자를 이 모양으로 만들었으니 초등학교 졸업 때까지 잘 보살펴라."

철석 같은 약조를 받았다. 그 친구가 정말 꼭 그렇게 하겠다고 손 모아 빌었다.

나는 드디어 건장하고 공부 잘하는 아군을 한 명 얻게 되었다. 몸 받쳐 얻은 아군! 그 애 이름은 이평학! 몇 십 년이 지난 지금도 내 입술은 균형이 깨져 있다. 입술 색깔도 거무튀튀하다. 한창 공부에 재미가 붙었을 때에는 아호를 평학平學이라고 쓰며 내 게으른 공부에 수평을 잡으려 했다. 큰 공부는 궁극적으로 평천하平天下가 아니던가? 세상을 화평케 하는 공부, 평학을 거울로 삼았다.

며칠 쉬었다가 학교에 갔다. 고무신이 덜컥거려 뒤꿈치가 까졌다. 아래위로 쓰라렸다.

'그래, 나도 한번 훔치는 거야.'

종례가 끝나자마자 아무 신발이나 한 켤레 움켜쥐고 무작정 달렸다. 신고 간 커다란 신발을 또 누가 훔쳐간 거다. 운동장이 너무도 넓게 느껴졌다. 교문까지 십 리도 넘는 것 같았다. 시험 보는 날, 늦잠을 자서 학교에 달려간 적이 있었다. 운동장에 들어서자마자 숨이 턱 막혔다. 운동장이 거대한 바다처럼 느껴졌다. 이 광활한 고요! 아이들이 없는 운동장은 거대한 괴물의 주둥이 같았다. 고무신을 훔쳐 교문까지 달아나는데, 그놈의 운동장 귀신이 다시 내 목덜미를 낚아챘다. 맨발로 신작로 길을 달렸다. 발바닥이 쓰라렸다. 측백나무 집까지 한참을 달려와 돌아보니, 저 멀리 아이들이 누에처럼 꼬물꼬물 걸어오고 있었다. 나는 손에 들고 있던 고무신을 신작로에 내려놓았다. 쿵쾅쿵쾅 가슴이 터질 것만 같았다.

'아, 나도 해냈구나. 나도 훔칠 수 있다.'

그런데 이게 웬일인가! 나비가 앉아 있는, 여자 고무신을 훔쳐온 것이 아닌가? 나는 나비를 미워한 적이 없었다. 새가 되기 전에 먼저 나비가 되고 싶을 정도였다. 그런데 왜? 나비가 두 마리씩이나 신코에 앉아 있단 말인가? 죽을 맛이었다. 누나를 줄까? 도둑 동생을 두었다고 아버지

에게 고자질하겠지. 어떻게 이 나비를 날려 보내어 온전한 남자 고무신
으로 만든단 말인가? 검정 나비를 칼로 파내려다가 손가락을 베었다.

"재수 없는 나방!"

철철 피가 났다. 하지만 우쭐한 마음이 들기도 했다.

'나도 이제 남의 것을 훔칠 수 있다. 배짱 있는 사나이란 말이다.'

아무리 깎아내고 불 단 부지깽이로 우그러뜨려도 남자 고무신이 되지
않았다. 끝내 아궁이에 처넣었다. 아픈 입술을 비집고 열흘 만에 웃음이
흘러나왔다.

'이제 너도 사내가 되었구나.'

돌아가신 삼촌들이 쓰다듬어주시는 것 같았다. 굴뚝새는 고무신 타는
냄새에 십 리 밖으로 날아갔으리라.

다음 날 아침엔 새 방한화를 신고 학교에 갔다. 방한화를 신기에는 철
이 일렀지만, 신발이 없었다. 뒤꿈치가 아렸다. 나비를 지우던 손으로 방
한화의 털을 깎고 뽑았다. 다친 손에서 다시 핏물이 배어 올랐다. 입술은
일그러졌지, 손가락은 베었지, 무슨 전투에서 공을 세워 하사품으로 방
한화를 받은 학도병 같았다.

그날 오후, 1반과 2반의 축구시합이 열렸다. 건빵이 걸린 큰 게임이었
다. 우리 반 왕초가 내 방한화를 신고 두 골을 넣었다. 아이들이 다가와
서 내 방한화를 쓰다듬었다.

"정록이가 나 빌려주려고 가져온 거야."

힘있는 것들은 정말 거짓말을 밥 먹듯이 한다. 결정적인 순간에 하늘로 솟구치는 고무신으로는 징이 박힌 내 방한화를 따라올 수 없었다. 더는 신발을 잃어버리지 않았다. 신발 주둥이 털을 모조리 깎아낸 방한화는 내 것이 유일했다. 축구시합을 할 때마다 우리 반 왕초의 애용 신발로, 학교 명물이 되었다. 담임선생님도 내 방한화 밑바닥을 보고는 감동하셨다.

"징이 돼지 젖꼭지보다도 크구나."

"선생님 너무 야해요."

아이들이 내 눈치를 훔쳐보며 웃었다(내 고무신을 훔쳐간 놈들이 이똥을 내보이며 가장 크게 웃었다. 웃음 큰 놈은 일단 의심해봐야 한다). 가방 가득 건빵을 넣고 씩씩하게 집으로 돌아오는 방한화! 아이들은 내 팔짱을 끼며 한 번만 신어보자고 했다. 훔친 여자 고무신의 나비가 나를 돕지 않았다면, 있을 수 없는 일인 듯 여겨졌다. 어느새 이렇게 코스모스가 환하게 피었는가? 신작로 돌멩이를 마구 걷어차도 발가락이 아프지 않았다.

이태나 지나서야 나는 그 방한화를 동생에게 물려주었다. 기나긴 왕따의 자리에서 벗어나, 웅성거리는 운동장으로 나갔다. 양지로 나가서 드디어 손차양을 시작한 것이다. 오, 고무신으로는 어쩔 수 없었던 징 박힌 방한화의 힘! 멀리서 바라보던 엄청난 세계 속에도 여전히 새로운 폭력이 응달처럼 도사리고 있었지만 말이다.

　힘은 알통에서 나오는 것만이 아님을 어렴풋이 깨달을 무렵, 반에서 왕따를 당하던 한 아이가 도사견을 끌고 운동장에 들어섰다. 그로부터 이 년간, 그러니까 도사견이 쥐약을 먹고 죽기 전까지, 그 아이가 왕초의 자리를 차지한 건 당연한 일이었다.

　그 아이의 가장 무서운 한마디, "물어!"

　그 아이의 가장 야비한 한마디, "그만!"

　우리는 오줌을 지렸다. 힘이란 그런 것이다.

　고무신을 떠올리면, 먼저 지푸라기로 내 검정 방화화를 정성스레 닦아 주시던 할머니가 떠오른다. 버선발로 손님을 맞던 할머니. 삼촌들이 죽어나간 사랑방에 걸터앉아 잃어버린 고무신인 양 낮달을 우러러보던 할머니. 우는 모습을 들키지 않으려 애쓰시던 할머니의 꽃고무신 같은 보조개가 떠오른다. 그러고 보면, 맨발로 달려나가 부둥켜안아야 할 것은 사람뿐임! 타이어보다 비싼 신발을 꿰고 다닐지라도, 언제나 도리상 영! 극진한 사람 맞이가 삶의 최고 덕목이다.

　할머니는 하늘나라 어딘가에서 지금도 고무신을 닦고 계시리라. 보신용으로 세상을 하직한 독크가 고무신에 고인 비눗물을 핥아 먹고 있으리라.

아내도 곧 할머니처럼 늙어가리라. 가르마도 없는 아내는 어디에다 암자를 짓고 있을까? 지붕은 쓸개처럼 검으리라. 아내의 생리대를 볼 때마다 외짝 흰 고무신이 떠오른다. 사타구니에 흰 고무신 쪽배를 차고 아내는 수십 년째 항해 중이다. 아내도 끝내 노을 너머 극락정토에 가 닿으리라.

거품 북적이며 뭉게구름이 흘러간다. 구름 너머에 외짝 흰 고무신이 떠 있다. 그리운 것은 다 우러를 수밖에 없다.

'할머니 어디 가세요?'

다른 한 짝은 지구 반대편을 딛고 있으리라.

꼭 필요한 사람이 되어라

그간 잘 계셨는지요? 오랜만에 글월 올립니다.

"아버지 목소리 들릴 때마다 세상을 향한 눈의 문을 열게 되었고"라는 장사익의 노래 〈아버지〉를 읊조릴 때가 많지만, 막상 또박또박 노랫말을 옮기다보니 마음의 문에 삭풍이 들이치는 것 같네요.

아버님 떠나시고 소식도 못 들은 둘째가 올해 열여섯이 되었습니다. 중학교 3학년에 올라가죠. 녀석을 보면서 반성할 때가 많아집니다. 그 나이 때 저는 고2였고 이해도 못할 어려운 책과 씨름할 때였죠. 싸가지 없게 그때 저는 아버지를 많이 원망했죠. 술만 드시는 아버지를 한심하게 생각했고, 농사일에 무관심한 아버지가 미웠으며, 식구들보다 동네 사람들이나 면서기를 더 챙기시는 아버지의 오지랖을 이해할 수 없었죠. 아버지의 어깨를 짓누르던 과중한 무게는 하나도 보지 못하고, 오직 내 아비로서 역할만 따졌을 때니까요. 형제 중 셋을 앞세우고, 큰어머니 한 분을 더 모셔야 했고, 난치병 앓는 여동생으로 노심초사하는 아버지는 안중에도 없었으니까요. 간경화와 황달로 고생하시던 아버지 대신 병원으로 약 타러 다니던 일만 부끄럽고 귀찮게 여기던 철부지였으니까요.

아버지, 다시 설이 왔어요.

하늘나라에도 떡 방앗간이 있는지요? 흰 구름 숭숭 썰어 넣고 별똥별로 떡국을 끓이시는지요? 하루 종일 엿도 고고 두부도 만드는지요? 만사 세쳐놓고 정월 보름까지는 화투도 치고 윷놀이도 즐기시는지요?

몇 해 전, 인근 학교에서 참 재미있는 일이 벌어졌어요. 정월 대보름이 때마침 전 직원 출근 날이었기에, 막걸리 두어 통에 돼지머리도 삶아 윷놀이가 펼쳐진 거죠. 행사는 교장선생님이 제안하고 직원들은 놀기만 하면 되는 날이었죠. 그런데 놀이 준비는 누가 합니까? 당연 주사 아저씨가 해야 했죠. 갑자기 돼지머리 삶으랴, 새우젓 사랴, 동태 사랴, 대파에 무 사랴, 집에 가서 묵은김치에 밥그릇, 국그릇, 숟가락, 젓가락 챙기랴, 양조장에 가서 막걸리 받아오랴, 이장댁에 가서 멍석 빌려오랴, 들락날락 솥단지마다 장작 집어넣으며, 세 시간 만에 똥줄 나게 놀이판을 꾸렸는데 막상 윷가락을 못 챙긴 거예요. 당연지사, 교장선생님의 불호령이 떨어졌죠. 다른 것은 몰라도 윷은 밤나무로 세 벌 깎아놓으라고 단단히 이른 터였죠.

"이 사람 이거 신혼여행 갈 때 거시기 떼어놓고 갈 양반이구먼. 맨손으로 전쟁터 나갈 양반이여."

순간 아저씨 머리에는 총을 놔두고 똥 누다가 바지춤도 못 올린 채 포로로 잡혔던 베트남 전에서의 참혹한 광경이 떠올랐죠.

'그래, 거시기 한번 박박 긁어봐라.'

주사 아저씨는 부리나케 창고 뒤편으로 달려갔죠. 철조망 울타리에 옻가락으로 다듬을 만한 좋은 나무가 있었거든요. 지난가을에 베어놓은 옻나무 말예요. 교장, 교감선생님이 옻독에 오른다는 사실을 벌써 알고 있었죠. 주사 아저씨는 한 학교에 오래 근무하다보니 모르는 게 없으시잖아요. 옻나무가 얼마나 잘 깎였겠어요. 결 좋은 옻가락 두 벌이 뚝딱 만들어졌죠. 한 벌은 아카시아 나무로 만들어서 행정실 팀끼리 따로 놀았고요.

그대로 효과만점이었죠. 술과 옻과 돼지고기는 친인척 관계잖아요. 게다가 혈기왕성한 몇몇 분들은 그날 밤 사모님들과 사랑을 나눈 거예요. 보건소로, 약국으로, 다들 분주한 신년인사를 치러야 했죠. 평소 부부 사이가 안 좋던 모 교사는 성병으로 의심을 받아서 더 곤욕을 당했답니다.

아버지, 그곳은 어떤 나무로 옻가락을 깎는지요? 나무가 없어서 별똥

별 몇 개로 공기놀이를 하시나요? 설이 되니 더욱 뵙고 싶네요.

산 설고 물 설고

낯도 선 땅에

아버지 모셔드리고

떠나온 날 밤

애야 문 열어라

잠결에 후다닥 뛰쳐나가

잠긴 문 열어제치니

찬바람 온몸을 때려

뜬 눈으로 날을 샌 후

애야 문 열어라

아버지 목소리 들릴 때마다

세상을 향한

눈의 문을 열게 되었고

아버지 목소리 들릴 때마다

세상을 향한

마음의 문을 열게 되었고

• 장사익, 《꿈꾸는 세상》, 〈아버지〉, 2003.

장사익의 노래 가사에는 안 나오지만 이 노래의 원작인 허형만 시인의 시 〈문 열어라〉는 이렇게 끝나지요.

그러나 나도 모르게
그 문 다시 닫혀졌는지
어젯밤에도

문 열어라.

세월이 갈수록 제 어두운 문을 열어주시는 아버지, 떡국은 드셨는지요? 우리가 제사상에 올리는 떡국 말고, 하늘나라 두레밥상에서도 증조할머니, 증조할아버지, 큰할머니, 할머니, 할아버지, 그리고 먼저 가신 삼촌 세 분과 후루룩후루룩 뜨시게 떡국 잡수셨는지요?

아버님께서 돌아가신 1993년 양력 2월 4일은 입춘이었죠. 그해 설은 요양하던 수덕사에 있는 허름한 여관에서 나셨죠. 간경화에 설암이 겹쳐 떡국도 국물만 조금 넘기셨죠. 그때를 생각하면 저는 한없이 가슴이 오그라듭니다.

아버지께서 짚고 다니시던 지팡이, 그곳에는 아버님의 유언이 새겨져

• 허형만, 《비 잠시 그친 뒤》, 문학과지성사, 1999.

있었죠. 사하촌 상가에서 구입하고, 그곳에서 불 인두로 새겨 넣으신 열 글자!

"꼭 필요한 사람이 되어라!"

처음에 저는 그 글귀를 발견할 수가 없었죠. 여관 마루에 기대어 놓은 지팡이 안쪽에 새겨져 있었으니까요. 자식에게 직접 이러저러한 사람이 되어라 말씀 못하신 당신의 심정을 생각하니 또 마음이 시려오네요. 그러던 어느 날, 저는 바깥마루 귀퉁이, 걸레를 베고 비스듬히 걸쳐 있던 지팡이에 글자가 새겨져 있는 것을 발견했습니다. 한번쯤 제가 보았으면 하고는, 당신은 고드랫돌처럼 얼어붙은 걸레를 받쳐놓으신 거였죠. 무릎 꿇고 싸리비 같은 당신의 손을 잡자, 희미하게 웃으시면서 농을 치셨죠.

"한 글자에 오백 원씩 오천 원 줬다. 느낌표는 보너스여. 그 느낌표가 중요헌 거여. 사람이 한 세상 접을 때에는 느낌표가 있어야 혀."

마루에 나와 담배 한 대 꼬나물고는, 나는 지팡이를 떠받들고 있는 걸레를 보았죠.

'그려, 걸레가 돼야지. 걸레는 저렇게 숭엄하지.'

언 걸레를 뜯어보니 수건을 반쪽으로 자른 거였죠. 아마도 반쪽은 행주로 썼던지, 방 걸레로 썼던지, 발수건으로 썼겠죠.

'그렇지, 꼭 필요한 게 뭐여. 지팡이, 걸레, 행주, 발수건이지. 내가 쓰는 시는 이 네 가지에다 주소를 둬야지. 그러다보면 시보다도 어렵다는 삶이란 녀석도 지팡이 짚으며 따라오겠지.'

아버님. 설날이 되었다고 뭐 달라지는 거야 없겠지요. 세상사 언제나 힘들지 않은 적 없으니까요. 하지만 갈수록 모두 힘들어합니다. 팔지 못한 배추밭이 꼭 공동묘지 같습니다. 몇 안 되는 조무래기들이 배추밭에서 비닐썰매를 타고 축구도 합니다. 그러면 눈 속에 얼어붙어 있던 배추들이 해골처럼 나뒹굽니다.

혹여 힘이 닿으시면 그곳 어른들과 상의하셔서, 지상의 어려운 분들께 희망의 복을 내려주시지요. 물론 저희 가족에게도 우수리는 꼭 챙겨주시고요.

올해에도 주저리주저리 말이 길었습니다.

참, 초겨울 날씨가 변덕스러워서 시골집 김장김치가 부글부글 끓어올랐습니다. 그래 부랴부랴 김치냉장고를 들여놓았지만 김장 맛이 지난해만 못합니다. 제사상에 올릴 동치미가 그나마 좀 나은 게 다행이네요.

어머님은 갈수록 아버님이 그리우신지 새로 배우는 뽕짝마다 사랑타령이랍니다. 어머님이 쓰시는 편지는 제때에 잘 받아보시는지요. 어머님은 요즘 제가 건네준 교무수첩에다 뽕짝 가사도 적으십니다.

아버님, 까치담배 내기 윷놀이라도 꼭 이기시길 바랄게요.

그럼 이만, 안녕히 계세요.

앞바퀴로 왔다가 뒷바퀴로 가는 자식

설이 가까워 온다. 동네 아주머니들이 우리 집 안방에 모이셨다. 모두 네 분이시다. 중풍에 누워 계신 목수 집 아줌마와 막내아들이 이혼한 터라 손자 녀석들 밥해주려고 떠난 대밭집 아주머니만 빠지셨다. 오늘이 올해 마지막 품앗이가 되리라.

우리 동네는 몇 대째 삼을 자아 삼베를 짜는 전주 이가 못자리 골이다. 타성바지 없이 같은 성씨끼리 오밀조밀 살아가는 못자리 골 말이다. 내 일부터는 엿도 고아야 하고 떡살도 담가야 하고 한과도 만들어야 하니, 아주머니들 손길이 이만저만 바쁘지 않으리라. 나는 옆방에 누워 생고구마 깎아 먹으며 소설을 읽고 있다. 글자들이 머리에 들어올 리 없다. 아줌마들의 구수한 이야기 때문이다. 설이 다가오는 만큼 오늘은 그저 효도 얘기뿐이다.

"뭘 기대를 해. 그저 댕겨가는 것만도 고맙지. 명절에 나오는 몇 푼 뽀 너스로 그간 밀린 마이너스통장 메운다고 하드만."

"메우면 다행이게. 카드깡인지 새우깡인지 그걸로 위턱 빼서 아래턱 고이고 그럴 테지. 그래도 뺄 턱이라도 있으면 다행이지. 그 집 아들은 다행히 백 킬로그램은 족히 넘는 거구 아닌감? 턱도 삼중 턱은 되니까, 뺐다 꼈다만 잘 하면 견딜 만할 거 아녀."

"왜 남의 집 아들, 기름진 턱까지 욕심내고 그런댜? 삐쩍 마른 형님네 막내는 갈비짝이라도 지고 내려오겠네?"

"녕설 앞두고 왜들 이런댜? 자식이란 게 앞바퀴로 왔다가 뒷바퀴로 가 는 거여."

"그게 뭔 말이랴?"

"들어올 때는 앞바퀴로 슬금슬금 고향 찾았다가 뒷바퀴 찌부러지게 신 고 가잖여. 식용유 들고 와서 참기름으로 바꿔가는 게 자식 아닌감? 작 작 퍼줘."

"며느리 하는 꼴이 우스워서 지난 추석에 빈 차로 올려 보냈드니, 맘이 석 달은 짠해서 안 되겠데유. 다 내 맘 편하자고 주섬주섬 싸주는 거쥬."

"그려. 어젯밤에는 꿈을 꿨는데 말이여. 얼굴은 큰아들인데 몸은 노루 야. 근데, 노루 발이 셋이야. 그래서 내가 노루에게 물어봤지. '큰애야. 뒷다리 하나는 어디다 뒀나?' 그랬더니 노루가 눈을 반짝이며 말하데.

'어머니 주려고 내가 다리를 끊어서 푹 고았어요.' 깨어나 얼마나 울었는지. 큰애가 지난번 교통사고로 다리를 다쳤잖우."

"자꾸 걱정하니까, 그런 꿈을 꾸는 거여. 촌간벽지에서 공부해서 대처에 나가 굶어 죽지 않고 애들 키우며 사는 것만도 용하지."

"왜, 신동댁은 가만히 있냐?"

"우리 집 큰놈이 옆방에서 다 엿듣고 있을 텐디, 뭔 말을 하겠어유."

"들으라고, 일부러 한마디 해봐."

"저놈이 다 좋은디, 며느리한테 질질 끌려 댕겨유. 가정 경영을 지대로 못하니께, 혼자 내려와서 생고구마나 깎아 먹고 있잖유."

순간, 나는 입에 물고 있던 생고구마를 뱉어냈다.

"그나저나 여기 있는 우리들은 너남 없이 다들 효자효녀 둔 줄 알어. 저 아랫말에 초등학교 형제들 얘기 들었지. 차 훔쳤다가 잡혔다는."

"아, 용감한 그 효자 얘기!"

"무슨 말이랴?"

"아버지가 빚에 허덕이다가 전답 팔고, 마지막 남은 트럭까지 팔았댜. 그러니까, 초등학교 6학년인 큰놈하고 4학년인 작은놈이 예산까지 가서 트럭을 훔쳐오다가 검문소에서 잡혔댜. 트럭 한 대가 예산 쪽에서 비틀비틀 굴러오는디, 운전사가 안 보이더랴. 음주운전 차인 줄 알고 잡아 보니께, 초등학생 둘이 키도 안 꽂힌 차를 시동 걸어가지고 몰고 오던 거였댜."

"외국영화를 많이 봤구만. 머리 좋네."

"파출소에 아버지가 불려갔겠구만?"

"파출소장이 애들 아버지한테 일장연설을 놓으셨댜. '애들 말 들어보니께, 참 효자구만유. 머리도 천재구유.' 그랬더니 낮술에 취해 있던 애들 아버지가 그러더랴. '애들이 나 닮아서 머리가 좋은 건 확실한디, 아직 멀었쥬. 진짜 지들이 천재에다가 효자라면, 그 차를 집까지 끌고 왔어야지 어째 파출소에서 잡혔대유?'"

방 안에 쿡소가 터진다. 나는 소설책을 집어던지고 안방 쪽으로 귀를 더 길게 늘인다.

"애들 때문에 속상할 게 뭐 있겠어유? 선산에 신랑 묻은 늙은 여편네가 말이유. 설은 섧어서 설이지유."

보랏빛 제비꽃을 닮은 누나

　나에게는 누나가 한 분 계시다.

　누나, 하고 부르면 한겨울의 얼음 조각 같던 은하수도 솜이불이 되어 내려올 듯하다. 밥상 보자기를 적신 동치미 국물처럼 그 은하수 이부자리에 흠뻑 오줌을 싸도 누나, 하고 부르면 금세 보송보송 마를 것 같다. 하지만 나는 누나의 삶에 짐이 될 뿐이었다. 누나는 나보다 세 살 위였지만 내가 여섯 살의 어린 나이로 초등학교에 입학하는 바람에 학교로는 일 년 선배일 뿐이었다.

　그게 문제였다. 농사는 뒷전인 채 새마을사업에만 헌신하던 아버지의 경제로는 자식 둘을 고등학교에 보낼 수 없던 터라서, 누나는 장남인 나를 위해 여고 입학을 포기해야만 했다. 한동안 누나는 완강하게 저항했다. 아버지가 술만 줄이셔도, 이장직을 내놓고 돼지 세 마리만 키우셔도

충분할 것이라며 눈물깨나 뿌렸다. 나는 바위 같은 어머니의 한숨과 배운 여자는 고생만 한다는 할머니의 먼 산 사이에 끼어 아무 말 못하고 눈치만 살펴야 했다.

누나는 마지막 결전인 양 숟가락 하나를 들고 골방에 처박혔다. 단식투쟁에 웬 숟가락인가? 밤이 이슥해지면 문고리에 꽂아놓은 누나의 상처 난 열여섯 살에서 딸가닥거리는 소리가 들려왔다. 어머니께서 고구마나 누룽지를 들여놓는 것이리라. 그럴 때면 나는 침도 못 삼킨 채《능력개발》이란 보충 문제지를 건성으로 넘겼고, 아버지는 마른기침 소리만 양철지붕 너머로 퍼내고 계셨다. 일주일이 지나, 아버지는 극적인 타협안을 내놓았다. 태안여상 학생들이 입는 보라색 코트 한 벌을 맞춰줄 것이며, 일 년만 농사를 거들고서 취직을 해도 좋다는 것이었다.

'노라노양장점'에서 코트를 찾아다 놓았지만, 누나는 딱히 갈 곳이 없었다. 보라색 코트를 입고 무논가에 앉아 냉이와 씀바귀를 캐던 누나의 모습은 나를 한없이 슬프게 했다. 새 코트를 버리지 않으려 허리에 묶어 맨 꼬락서니 때문에 나는 더 눈물을 짜내야 했다. 지금까지도 나는 보라색과 국방색을 가장 슬픈 색이라고 생각한다.

우울한 일 년이 지나고 누나는 읍내에 있는 '동화전자주식회사'에 취직했다. 진학하지 못한 슬픔을 달래려는 듯 누나는 박봉을 쪼개 월부 책부터 들여놓았다. 《한국여류수필문학》이라는 책이었던 것 같다. 누나는 그

전집에 보너스로 딸려온 《韓龍雲의 名詩》라는 시집 한 권을 선물로 주었다. 내가 이 지구상에서 처음 만난 시집이었다. 그 이후로부터 시라는 것을 끼적거리게 되었으니, 나의 문학은 한국 시단의 말석에 부록이나 보너스라도 되는 것이다.

해마다 홍성에서는 만해제가 열린다. 나는 '만해 문학의 밤'에서 사회를 맡아보는 영광을 누리기도 했다. 얼마나 기묘한 인연인가. 행사를 진행하던 날, 백일홍 나무 아래 앉아 있는 누나와 눈이 마주쳤다. 조명을 받은 누나의 옷이 순간 보랏빛 번개가 되어 내 눈자위를 훑고 지나갔다.

누나, 하고 부르면 언제나 내 마음에 보랏빛 제비꽃이 흐드러지게 핀다. 슬프고 아름다운 보랏빛 수수꽃다리와 은하수가.

사나이끼리라

함께 자취를 하던 고3 시절, 누나의 귀가 시간이 들쭉날쭉해졌다.

남동생이라면 누구나 민감한 부분이 하나 있다. 바로 누나의 연애에 관한 감지다. 아무리 미련할지라도 안다. 남자이기 때문이다. 누나를 빼앗기지 않으려는 본능이다. 모든 남동생은 모든 누나에게 애인이고 남편이고 아들이고 싶은 복잡한 구석이 있다.

누나의 일상에서 그늘이 졸아들고 빛나는 물보라가 일기 시작했다. 이른 새벽이건 늦은 밤이건 반짝이는 물방울이 까르르 주변에 튀어올랐다. 경쾌하게 반짝거리는 물방울. 하지만 다른 사람들에겐 얼룩을 남길 수도 있는 것이다. 연애에 빠진 본인들은 즐거운 물놀이겠지만 말이다.

누나의 남자는 오토바이를 갖고 있었다. 70년대 후반에 스무 살 청년이 선글라스와 오토바이를 갖고 있다는 것은 전부를 갖고 있다는 뜻이었다. 속력을 갖고 있다는 것은 식은 죽 먹기의 연애를 할 수 있다는 것이다. 80년대와 90년대를 거치며 발전에 발전을 거듭한 결과, 오죽하면 '야, 타!' 라는 말이 생겨났겠는가?

언제나 정지된 시간과 사물 속을 빠르게 빠져나갈 수 있다면 사랑의 출발은 순조롭다. 로맨스는 벗어날 때 발동하는 것. 가족이란 굴레에서 빠져나와 가족과 충돌하고, 일상이란 틀에서 벗어나서 자신의 삶의 질서와 휘청휘청 싸우고, 상식에서 벗어나서 자신도 이해할 수 없는 궤변과 씨름하고, 밤낮과 밤낮없이 싸우고, 빛과 어둠이 섞여서 하루에도 열두 번 빛과 어둠 중 어느 한쪽으로 몸과 마음이 기우뚱기우뚱 쏠리는 것이다.

누나의 남자는 선글라스와 오토바이에다가 한 가지를 더 가지고 있었다. 그것은 흰 도복과 검은 띠였다(나중에 안 일이었는데 오토바이는 그의 것이 아니었다. 그의 형이 오토바이 대리점을 하고 있어 맘에 드는 오토바이를 그때그때 빌려 타는 것이었다). 흰 도복에 검은 띠를 매고 있는 남자는 사진 속에서 렌즈를 뚫어져라 바라보고 있었다. 쓰임새를 위해 갖은 폼을 다 잡은 사진이었다. 그 쓰임새가 제자리를 찾아 누나의 화장대 앞에 온 것이었다.

누나의 남자는 양복점 보조, 시다였다. 단추를 달고 재봉틀을 돌리는 남자였다. 오토바이로 면소재지까지 양복을 배달하고 군청에 민방위복을 납품하는 남자였다. 교복 단추를 달고, 적당한 사이즈로 들어오는 교련복을 크기에 맞춰 봉투에 담고, 와이셔츠를 꿰매고, 다리미 밑바닥에 침을 뱉어 다림질을 하는 남자였다.

처음 만나는 날, 누나의 남자는 내게 말했다.

"처남, 누나 하나만큼은 행복하게 해줄 자신이 있어. 사나이 대 사나이끼리 하는 말이야."

나는 놀라웠다. 처음 먹어보는 돈가스라는 음식에 기가 죽어 있던 나는 갑자기 접하는 처남이란 말과 사나이라는 동류항에 어깨가 으쓱해졌나. 처음 접하는 양식과 레스토랑은 나를 불편하게 했다. 먹는 절차가 약간이라도 복잡한 음식은 그 맛의 깊고 낮음에 상관없이 촌놈의 기를 죽인다. 소파에 앉아 음식을 먹는 것이며 음식 그릇을 비추고 있는 휘황한 조명도 촌놈의 마음을 복잡하게 만든다. 짜장면을 처음 먹을 때도 기는 죽지 않았다. 짜장면을 사주신 국어선생님보다 한참 늦게 예의를 갖춰 짜장면을 먹었을 뿐이다. 선생님이 하는 대로 따라서 하면 될 뿐이다. 처음 보는 단무지라는 음식은 물을 들인 무 쪼가리에 불과했다.

그러나 돈가스는 달랐다. 음식을 숟가락이 아니고 칼과 포크로 먹어야 한다니, 게다가 수프라는 것도 그렇고 빈대떡 같은 곳에 된장같이 생긴 것을 엎질러놓은 것도 그랬다. 먹어보니 빈대떡이 아니라 돼지고기를 튀긴 것이었다. 그 위에 뿌려진 것의 이름이 소스라는 것은 나중에 알았지만 분명 조청은 아니었다.

　나는 그날 처남이란 말을 처음으로 들었다. 누나의 사랑이 내 호칭 하나를 더 불려놓은 것이었다. 처라는 발음의 스산하고 날카로운 쳇소리가 남이라는 든든하고 따뜻한 발음에 녹아서, 믿음직스럽게 내 귀로 파고들었다.

　처남이라, 그리고 사나이끼리라!

　나는 고개를 끄덕였다. 누나의 남자는 손아귀 힘이 세고 뜨거웠다. 농사일만 거든 내 손이 박봉의 밑바닥 일에서 기초를 다지고 검은 때로 단련이 된 남자의 손아귀 힘에 제압당하는 순간이었다. 집으로 돌아오는 동안 나는 처남이란 말과 사나이란 말을 되뇌었다. 나에게도 여자가 생기면 꼭 처남이라고 부르고, 사나이끼리라고 말을 해야겠다고 생각했다.

　누나의 남자를 처음 만나고 돌아온 저녁, 밤이 깊어도 누나는 돌아오지 않았다. 시계가 자정을 넘어 벼랑으로 곤두박질치고 있었다. 나도 누군가의 남자가 되겠지, 누군가를 처남이라고 부르는 날이 오겠지, 초조하게 밤은 깊어갔다.

　썰물 빠져나가는 소리가 쏴하니, 내 마음의 개펄을 훑고 지나갔다. 천천히 문이 여닫히는 소리와 긴 침묵이 이어졌다. 너무나 조심스러워서 슬프기까지 했다. 누나의 조심스런 까치발 소리와는 아랑곳없이 한 남자의 발자국 소리가 뚜벅뚜벅 새벽 골목을 빠져나가고 있었다.

반지는 물방울 소리처럼 구른다

1.

"하얀 목련이 필 때쯤 다시 올게. 다른 여자 때문에 몇 년을 속 끓이게 했는데……."

그녀가 물어본 것도 아니고 미리 준비한 것도 아닌데, 나는 주저리주저리 반성문을 읊조리고 있었다. 그녀는 아무 말도 하지 않았다. 그녀가 입고 있는 노란색 스웨터의 굵은 실이 엉성하게 늘어져 있었다. 그곳으로 찬바람이 흘러 들어가는 것이 보이는 듯했다. 갑자기 왜 이리 착해지는 것일까. 그녀는 노란 우산꼭지로 땅바닥을 파고 있었다. 이 년 만의 새로운 만남. 잘 알아볼 수 있도록 노란 옷을 입고 노란 우산을 들었노라고 말했을 때, 이미 그녀가 마음속으로 날 용서했구나, 눈치챘지만 말이다.

"하얀 목련이 필 때쯤 다시 올게."

　금세 일 년이 지나고, 창밖엔 하얀 목련이 지고 있었다. 목련 꽃잎이 먹다버린 호떡처럼 시들고 있었다. 화단 군데군데 있는 자목련나무에서는 막 꽃봉오리가 벌고 있었다. 일 년 전보다 나는 깨끗해져 있었다. 시간과 술의 힘이었다. 하지만 자목련을 바라보는 나의 호주머니에는 입영통지서가 들어 있었다. 입대까지는 석 달이 남아 있었다. 내가 왜 하얀 목련이 피고 짐을 몰랐겠는가. 너와 함께 이 세상을 건너가겠다고 말하자마자 입영통지서를 디밀어야 하는 내 자신이 싫었기 때문에, 목련이 피는 것을 애써 외면한 것이었다.

　며칠을 망설이던 나는 이것이 마지막이 될지도 모른다는 생각이 들었다. 평생 후회할 것 같았다. 확신이란 것은 언제나 제 자신이 확답을 가질 때만 가능한 게 아닌가. 믿음이 확실하면 답은 뻔한 것! 나는 그녀에게 편지를 썼다. 그리고 그녀에게 줄 금반지 하나를 디자인했다. 하트 모양에 한 일자 네 개를 세워놓은 모양이었다. 유치찬란한 사랑의 조급함이라니. 한 일자 네 개는 병장 계급장을 나타내는 것이었다. 제대할 때까지 기다려주길 바라는 마음에서였다.

　그녀를 만나는 레스토랑은 이층에 있었다. 화장실을 가는 척 카운터로 가서, 주인아저씨에게 쪽지 한 장을 건넸다.

"제 운명과 관계 있는 곡입니다. 양희은의 〈하얀 목련〉을 부탁드립니다. 판이 없으시면 구해다가 틀어주세요. 돈은 나갈 때 낼게요. 꼭 부탁드립니다."

조금 후에 차가 나오고, 아무도 없는 한낮의 레스토랑에 부탁한 노래가 흘러나왔다. 음질이 아주 깨끗하고 맑았다. 금방 사온 LP판이 분명했다. 젖은 실타래 같은 노래 소리에 감겨, 우리는 아무런 말도 할 수가 없었다. 한참을 지나 나는 반지가 든 작은 선물상자를 내밀었다. 주인아저씨가 〈하얀 목련〉에 바늘을 세 번째 올려놓고 있었다.

2.

그녀는 성악을 전공했다. 첼로를 부전공했으며 대학 사 년 동안 클래식기타 동아리 활동을 했다. 음악을 좋아하고 음악을 사랑하는 사람이었다. 고등학교 때는 미술반에 들어가 미대 진학을 꿈꿔왔으나 그녀는 음악 공부를 포기할 수 없었다. 하지만 시골의 작은 고등학교에는 음악 선생님이 없었다. 미술선생님께서 카세트를 들고 오셔서 음악 감상을 시켜주는 것이 고작이었다. 학생 중에 피아노를 치고 기타를 다룰 수 있는 것은 오직 그녀뿐이었다. 어머니 뱃속에서부터 교회를 다녔기 때문이었다. 교회에는 풍금이 있었고 목사님의 딸은 그녀의 단짝 친구였다. 그녀는 음악시간에 피아노를 치고 기타를 연주하며 교단에 서서 음악

수업을 해야만 했다. 그러다가 음대 진학을 목표로 토요일마다 인근 중학교의 음악선생님을 찾아가서 성악을 배웠다. 그러나 그녀의 애인은 음치였다. 억지로 국악반에 들어가 거문고를 사 넌여 탔으나, 나는 여전히 정악 연주에서 맴돌았다. 산조는 엄두도 못 내고 감탄만 할 뿐이었다.

신혼여행에서 돌아와 사글세방으로 향하면서 그녀는 조심스럽게 입을 열었다. 월부로 전축을 하나 들여놓으면 어떨까? 우리는 음악사로 가서 전축을 실은 트럭을 타고 신혼 방으로 갔다.

결혼한 지 일 년도 안 돼 첫아이를 낳았다. 아이를 어르느라 몸도 마음도 바빴지만 여전히 그녀는 피아노를 갖고 싶어 했다. 그러던 어느 날 우리는 큰 결심을 했다. 결혼 패물을 팔아 피아노를 하나 들여놓기로 한 것이다.

식 올린 지 이 년
삼 개월 만에 결혼 패물을 판다
내 반지와 아내의 알반지 하나는
돈이 되지 않아 남기기로 한다
다행이다 이놈들마저 순금으로 장만했다면
흔적은 간데없고 추억만으로 서글플 텐데
외출해도 이제 집 걱정 덜 되겠다며 아내는

부재와 평온을 혼돈하는 척, 나를 위로한다

농협빚 내어 장만해준 패물들
빨간 비단상자에서 꺼내어 마지막으로 쓰다듬고
양파껍질인 양 신문지에 둘둘 만다
버려야 할 쓰레기처럼 밀쳐놓고 화장을 한다
거울에 비친 허름한 저 사내는 누구인가
월급날이면 자장면을 먹고 싶다던
그때처럼 화장시간이 길다
동창생을 만나러 나갈 때처럼
오늘의 화장은 서툴러 자꾸 지우곤 한다

김칫거리며 두루마리 화장지를
장식처럼 주렁주렁 매달고 돌아오는 길
자전거 꽁무니에 걸터앉아
산 위에서 부는 바람 시원한 바람
콧노래 부르며 노을이 이쁘단다
금 판 돈 떼어 섭섭해 새로 산
알반지 하나를 쓰다듬으며 아내는

괜히 샀다고 괜히 샀다고
젖은 눈망울을 별빛에 씻는다
오래 한 화장이 지워지면서
아내가 보석달로 떠오른다

– 졸시 〈보석달〉 전문

그 사이에 이사를 두 번, 이층 베란다로 기어오르는 피아노는 거대한 보물 상자 같았다. 옥상 물탱크를 지렛대 삼아 허공에 떴다가 내려앉는 공룡 한 마리. 저 괴물이 우리 집의 역사를 바꿔놓을 것이다. 그녀는 유모차를 끌고 다니며 친구가 경영하는 피아노학원에서 아르바이트를 하고 주말마다 먼 도시로 피아노를 배우러 다녔다. 도시 변두리에 피아노 교습소를 차리고 삼 년, 지금은 열 대의 피아노를 갖고 원장 노릇을 하니 그저 보기 좋을 따름이다. 유치원생의 피아노 소리도 나에겐 아름답게 들린다. 마음이 통째로 젖어버리기 때문이다.

3.

그녀가 피아노를 연주하거나 원생들을 교습할 때, 나는 그녀의 등 뒤에서 그녀의 손가락과 어깨를 물끄러미 바라본다. 그녀에게도 값싼 보석반지 두 개에 붉은 옥반지가 하나 있건만 언제부턴가 반지를 끼지 않는다. 반지라는 것이 살림에도 도움이 안 되고 피아노 칠 때도 거추장스럽다는 것이다. 하지만 나는 안다. 그녀의 왼손 약지에서 중고피아노가 반 대쯤 나왔고, 첫애 돌 반지에서 또한 몇 개의 건반과 페달이 나왔다는 것을. 그러던 차에 나는 돈이 되질 않아 남겨놓았던 내 결혼반지를 녹여서 그녀에게 선물을 했다. 그녀는 내가 선물한 반지를 하루인가 끼고 빼놓았다.

첫애 돌 반지와
쌍가락지를 팔아 피아노를 샀다
턱없이 돈이 모자라 할부를 끊었다
그래서인지 우리 집 피아노소리는
콩나물처럼 젖어 있다
물오른 봄 나무로 만들었는지
생일축하노래와 웨딩마치는
질척거리기까지 한다 그때
함께 팔지 못한 내 결혼반지는
몰래 녹여서 생일선물로 건네주었다
살림살이에 굵어진 손마디
꽉 조이는 작은 반지가

깊은 계곡 물방울소리처럼 구른다

하얀 손톱까지 수액이 차올라서

푸른 이파리를 매다는 봄 나무에

순금의 달빛이 내린다. 띵당띵당

꽃 피고 눈 내리는 비탈 논밭에도

사계가 들고남을 듣는다

– 졸시 〈잎 푸른, 피아노〉 전문

그녀와 나의 손가락에는 십 년 가까이 반지가 살지를 않는다. 피아노 소리가 우리 가족 모두의 반지가 된 지 십 년이 가까워온다.

2

좁
쌀
일
기

그는 시처럼 산다

마음도 한자리 못 앉아 있는 마음일 때,
친구의 서러운 사랑 이야기를
가을햇볕으로나 동무삼아 따라가면,
어느새 등성이에 이르러 눈물나고나.

제삿날 큰집에 모이는 불빛도 불빛이지만,
해질녘 울음이 타는 가을江을 보겠네.

저것 봐, 저것 봐,
너보다도 니보다도
그 기쁜 첫사랑 산골물 소리가 사라지고

그 다음 사랑 끝에 생긴 울음까지 녹아나고

이제는 미칠 일 하나로 바다에 다와가는

소리죽은 가을江을 처음 보겠네.

– 박재삼, 〈울음이 타는 가을江〉 전문

나에게는 호들갑을 떨지 않아도 되는 친구가 서넛 있다. 서로의 가슴
에 늘 살아 있어서 오랜만에 만나도 어제 본 듯 마음이 훤하게 보이기 때
문이다. 붕우유신의 붕朋은 죽마고우를 말하고 우友는 같은 길을 가는
노반道伴을 말한다는데, 친구들에 대한 내 감정은 붕과 우의 경계나 그
언저리에 있는 듯하다. 자란 곳은 서로 달라도 마음에 스스럼이 없는 고
향 언덕을 갖고 있으며, 해 뜨는 쪽으로 세상 모든 것을 감싸 안고 가려
는 열정들이 또한 어슷비슷하기 때문이다.

붕우들 중에 가덕현이란 친구 얘기를 조금만 해야겠다. 그의 별명은
신부님이었다. 서슬 푸른 1981년 봄, 그는 공주사범대 인문계열 1번이
었다. 성적순이었다면 어림도 없는 일이었지만 성씨 순이었기 때문이었
다. 그러니 그를 모르는 사람이 없었다. 게다가 검은 망토를 입고 학교를
다녔기에 그의 별명은 신부님으로 굳어져버렸다. 대학교에도 교복이 있
었던 시절이 있었지만 81학번이 입기에는 아무래도 어울리지 않던 옷이
었다.

• 박재삼, 《울음이 타는 가을江》, 미래사, 1991.

그러나 누군가에게서 물려받은 그 교복이 어찌 그냥 별명 하나 얻고 말 교복이겠는가? 그곳에 배어 있는 가난과 복잡 미묘한 서글픔과 삶의 폭폭함을 나는 대뜸 봐버렸다. 일순간에 둥지를 트는 사람이 있는 것이다.

　그의 가난과 복잡한 가정을 세세히 말할 수도 없거니와, 다 말하려고 주접을 떨지도 않겠다. 세상엔 다 말할 수 없는 것이 훨씬 많다는 것을 알 만한 나이가 된 것이다. 이것이 글을 십수 년 쓰고 얻은 수확의 전부라 해도 과언이 아니다. 하지만 가덕현이란 친구가 나에게 준 은총 한 가지만은 귀띔하고자 한다.

　내가 친구라고 거듭 말하고 있지만 그는 사실 나보다 세 살이나 위다. 더구나 그의 마음은 쇠죽솥보다도 깊고 넓어, 예나 지금이나 나는 이른 새벽 수렁논을 갈고 온 허기진 암소처럼 그가 끓여주는 여물을 새김질만 하면 그만이다. 그는 가다 서다 구구절절 대학을 십 년이나 다니며 군 생활을 빼더라도 칠 년은 캠퍼스 근방에서 살았다.

　젊음이란 게 무엇인가? 갈 곳은 많고, 잘 곳과 먹을 것은 변변찮다는 뜻이 아니던가? 그때마다 누습한 내 청춘의 방황에 따뜻한 밥상이 되어주었고 깊은 그늘을 드리워주었다. 이복형제들에게 큰소리도 치고 작은 목소리로 달래기도 하며, 법정에도 서고 길바닥에 주저앉기도 하며, 허풍도 떨고 새싹처럼 미소도 지으며, 그러니까 야단법석을 모두 피운 뒤

그는 씩씩하고도 당당하게 인천에 사시는 어머니, 아버지를 모셔와 함께 살고 있었다. 제 주변머리도 챙기지 못하는 가난한 대학생이 말이다. 학점도 줄줄 흘리고 다니는 주제에 말이다.

그런 그가 생계를 위해 꾸린 살림이 '울음이 타는 가을강'이라는 주점이었다. 어머님께서 말아놓은 김밥이 있었고 토속적인 실내장식(거의 새벽 길거리에서 끌어다놓은 기가 막힌 전리품들)이 있었으니, 우리들은 그곳을 카페라고 불렀다. 그러나 늘어나는 것이 외상이고 북적거리는 것은 허기진 손님들뿐이라서 가계는 하루가 다르게 제살 파먹기에 들어갔다.

하지만 가게 사정과 다르게 나에겐 얼마나 좋은 일인가? 학우들 모두 떠난 캠퍼스에 언제라도 만날 수 있는 동지가 있다는 것. 어머님 아버님 절 받으세요, 한마디만 올리면 뜨신 밥에, 잠자리까지 마련해주셨다. 지금 생각해도 빈손, 빈 입만을 건넸던 그때가 죄스럽게 느껴진다. 무슨 대단한 작가가 된다고 하룻저녁에도 한국문학사를 수없이 메다꽂기 일쑤였으니 파란만장을 건너오신 두 분이 보시기에 얼마나 가당치 않았겠는가. 그저 빙긋 웃어주시고, 정 뭐하다 싶으면 헛기침 두어 번이 꾸지람의 전부이셨으니 어른 중의 어른들이셨다.

카페는 매일 쌀 한 말 팔아다가 보리쌀 반 되와 바꿔오는 꼴이었지만 이름만큼이나 노을이 아름다웠다. 서녘 창 연미산 아래로 금강이 노을에 반짝이며 흘러갔다. 우리는 금강 둑에 나가 하염없이 흘러가는 노을 강을 바라보며 술을 마셨다. 서로의 눈시울을 들여다보지는 않았지만 때로는 흐느끼는 물살 소리를 듣기도 한 것 같다.

저 강이 노을을 업고 가듯, 어스름의 산 그림자를 겹겹 들쳐 업고 흐르듯, 잔잔히 내리는 별빛과 물새들의 작은 발목을 어루만지며 흘러가듯, 우리 또한 부실한 마음자락에 무엇인가를 업고 가야 하리! 마음 다잡으며 술잔을 부딪쳤지만, 나무젓가락처럼 마른 도랑이 되어 카페로 돌아올 뿐이었다. 그때 우리가 짐 질 수 있는 것은 소용돌이치는 울분과 막연한 서글픔과 취한 서로의 어깨뿐이었다.

그가 드디어 졸업을 했다. 불어 전공이었지만 어찌어찌 싸우고 싸워 국어 부전공을 마치고 홍성여자중학교로 첫 발령이 난 것이다. 하지만 '울음이 타는 가을강'은 흔적도 없이 어둠 속으로 잠긴 뒤였고 가진 것은 오래된 밥그릇과 노부모님뿐이었다. 그와 나는 폐가를 얻기 위해 시골 마을을 훑기 시작했다. 며칠을 쑤시고 돌아다닌 후, 우리 집 바로 윗집을 얻게 되었다. 등잔 밑이 어둡다고 멀리만 생각을 했지, 이웃집이 비었다는 것은 깜박했던 것이다. 아버지는 객지에 나가 있는 나 대신에 새 아들이 들어왔다고 기뻐하셨고, 말벗이 생겼다며 즐거워하셨다. 고향에 가는 길이 이를 데 없이 즐거워졌다. 소주 됫병 하나만 더 챙기면 밤새 사는 얘기며 시를 이야기할 수 있기 때문이었다. 어머니는 고추장이며 된장, 호박, 감자 등으로 그 많던 나의 빚을 갚아주시는 중이셨고, 울 너머 빈집에 사람이 드니 덩달아 우리 집에도 생기가 흘러들었다.

그러던 어느 날 저녁이었다. 재당숙모께서 전화를 주셨다. 아버님이 매우 취하셨는데 네가 오지 않으면 집에 안 가신다니 빨리 택시 타고서 오라는 말씀이셨다. 부리나케 가보니 아버지는 인사불성이셨다. 무겁게만 보였던 아버지가 얼마나 가벼운지를 그때야 알았다. 세상의 모든 아버지 어머니는 참으로 가볍다. 체온만 업히시기 때문이리라.

아버지를 업고 작은 산을 넘는데 소나무 숲에서 새들이 자리를 고쳐 앉으며 무어라고 덕담을 건넸고, 별빛도 눈 밝혀 앞길을 열어주었다. 그때 아버지가 당신의 십팔번을 부르셨다. 더운 단내가 내 목덜미를 감싸고 내 가슴을 덥게 했다. 나지막한 목소리로 아버지가 날 불렀다.

"큰애야. 무겁냐? 엊그제는 덕현이가 날 업고 여길 넘었다. 개도 날 업고 넘는디, 아들이 셋이나 되는 내가, 남의 등에만 업혀서야 되겠냐? 덕현이가 네 등판 따라올라면 멀었다야. 이 애비가 노래 하나 더 부르랴!"

아버지는 취하신 게 아니셨다. 그저 육친의 살을 만나고 싶었던 것이다. 집에 도착하자마자 어머니의 잔소리가 우리 부자의 귓전을 때렸지만, 기분이 나쁘지 않았다. 흡족한 헛기침을 날린 뒤 아버지는 금세 코를 고셨다.

덕현이가 아니었으면 나는 평생 아버지를 업어보지 못했으리라. 그런

일이 있은 얼마 후 아버님은 세상을 뜨셨다.

　나에게는 가덕현이라는 벗이 있다. 나는 시를 쓰고 그는 시처럼 산다.
나에게는 울음이 타는 아버지의 등을 가르쳐준 친구가 있다.

오늘밤 바람은 어느 쪽으로 부나

내가 다닌 초등학교 운동장에는 플라타너스 나무가 여러 그루 있었다. 낙엽이란 말을 들으면 내 마음의 공터에는 플라타너스의 둥근 이파리가 깔린다. 밤사이에 서리를 맞아 하얗게 얼어 있던 이파리들. 밤바람의 방향에 따라 운동장에 깔리기도 하고, 교문 밖 신작로를 수북하게 덮기도 하던 낙엽들. 늦가을 찬바람을 맞으며 플라타너스 잎을 주워야 하는 운동장 청소 당번과 교문 밖 청소 당번은 밤바람의 방향에 신경을 곤두세웠다.

우리들은 마을 단위로 청소 당번을 맡았다. 아이들의 놀이는 대부분 귀갓길에서 이루어지는데, 청소 당번이나 청소하는 곳이 같지 않으면 집에 가는 시간이 달라서 서로 기다려야 했기 때문이었다.

아침 등굣길에 나는 호언장담을 늘어놓고 있었다. 어젯밤 오줌 누러

나왔다가 밤바람의 방향을 보았기 때문이었다. 감나무에 걸려 있던 비닐조각이 가오리연꼬리처럼 남쪽으로 펄럭이고 있었다.

"오늘 플라타너스 이파리가 운동장에 더 많이 깔려 있으면, 우리 반 운동장은 나 혼자 다 청소할게."

예상은 빗나갔다. 교문 밖에도 이파리들이 널려 있었지만, 운동장은 이루 말할 수 없었다. 새벽녘에 바람의 방향이 바뀌고 바람의 세기도 훨씬 강해졌기 때문이었다. 운동장은 새로이 갈색 장판을 깔아놓은 것 같았다.

"이렇게 많은데 혼자 청소할 수 있나?"

"우리가 강요한 것도 아니잖아? 스스로 말한 거니까, 지켜야지."

아이들이 이구동성으로 투덜거렸다.

"걱정 마. 밤을 새서라도 내가 다 할 테니까."

나는 그날 선생님 말씀이 귀에 들어오질 않았다. 지난밤에 떨어진 이파리들이 새로 떨어진 이파리들과 희희낙락거리며 몰려다니고 있었다. 운동장을 반으로 나눠, 서편은 2반 담당이었고 동편은 우리 반 청소구역이었다. 서편에서 동편으로 밀려오는 이파리들이 내 마음을 괴롭힐 뿐, 공부가 될 리 없었다.

두 살이나 많은 동기생들과 어깨를 나란히 하고 우정을 이루기 위해서는 내 학업실력이나 세상에 대한 안목이 그들과 비슷해야만 했다. 그러나 조바심은 언제나 잘난 척으로 이어져 내가 판 구덩이에 내가 처박히는 꼴이 되고 말았다.

'저 넓은 운동장, 저 많은 이파리를 언제 다 줍는다지.'

나는 내 손을 내려다보았다. 플라타너스 이파리의 반의반도 안 되는 작은 손이 애처롭게 매달려 있었다. 굴뚝 옆에 서 있던 산뽕나무 이파리처럼 땟물 얼룩진 초라한 손바닥이 찬바람을 맞고 있었다.

나는 내 입술을 꼬집었다.

'앞으로는 나서지 말자. 저 늑대 같은 새끼들 앞에서 잘난 체하지 말자.'

문제는 단 한 가지였다.

'운동장 청소를 하고 가느냐? 그냥 나 몰라라 달아나느냐?'

고민 중에 담임선생님께서 들어오셨다.

"오늘은 회의가 있어서 곧바로 교육청에 나가봐야 한다. 청소를 깨끗이 마친 뒤, 2반 담임선생님께 검사를 맡고 귀가하기 바란다. 이상!"

'저 많은 낙엽을 어떻게 주울 것인가? 그냥, 도망을 칠까?'

다시금 망설이고 있는데 아이들이 다가왔다.

"청소 안 하고 도망쳤다고 혼나면 끝장이야. 정 못하겠으면 이제라도 말해. 그 대신 오늘부터 일주일 치 건빵은 다 내놔야 해. 거짓말의 대가가 어떤 건지는 너도 잘 알지?"

"깨끗이 청소할게. 운동장 청소 때문에 혼나는 일은 없을 거야."

마지막 6교시 수업 중에 나는 교실을 빠져나왔다. 걱정이 되어 수업 받고 싶은 마음이 나질 않았다. 화장실에 가서 소변을 보는 중에도 운동장 가득 굴러다니는 플라타너스 이파리가 온몸에 버석거렸다. 화장실 옆 쓰레기장에서 낙엽 타는 냄새가 구수하게 퍼져왔다. 쓰레기장으로 가서 풀이 죽은 채 젖은 낙엽을 들썩이던 나는 좋은 청소 도구 하나를 발견했다.

"바로 이거야."

불에 타버린 우산대였다. 다행히 손잡이는 그대로였다. 우산살을 떼어내자 뾰족한 지팡이 하나가 만들어졌다. 흐뭇하게 우산 꼬챙이를 바라보고 있는데 종소리가 났다. 나의 가슴에서 작은 불꽃이 일었다. 신이 나서 우산대를 돌리며 운동장으로 달려갔다. 운동장 청소 당번인 동네 친구들은 벌써 교문을 빠져나가고 있었다.

"오늘은 청소도 없으니 산판에 올라가서 비봉 사는 애들이랑 축구 시합하자."

내가 청소를 마치고 헐레벌떡 산판에 뛰어가면 이렇게 말하겠지.

'이제 끝났냐? 너 기다리느라고 두 판이나 더 했는데. 야! 이제 가자. 세 판 이겼으면 됐지 뭘 더 하냐. 네가 있었으면 결과가 달라질 수도 있었을 텐데.'

운동장가에 리어카를 대놓고 널브러져 있는 플라타너스 이파리를 쫓기 시작했다. 우산 끝으로 콕콕 찍어서 리어카 안에 훑어 내리기만 하면 그만이었다. 삼십 분도 안 되어 운동장 청소는 끝이 났다. 열 명이 하는 2반보다도 빨리 끝나버렸다. 룰루랄라, 나는 교무실로 뛰어갔다. 내 손에는 여전히 우산 꼬챙이가 들려 있었다.

"운동장 청소를 왜 너 혼자 하니?"

2반 호랑이 선생님이 내가 청소하는 동안 운동장을 내다본 게 틀림없었다. 나는 아무 말 않고 서 있었다. 우산대 손잡이를 매만지며, 어서 돌아가라는 분부만 기다렸다. 선생님의 추궁은 계속됐다. 내가 다른 아이들보다 어리다는 것은 모든 선생님들이 다 알고 있는 터, 따돌림을 받는다고 생각하시는 것 같았다. 이대로 있다가는 정말 아이들한테 왕따를 당할지도 몰랐다.

'그래, 다 말해버리자!'

나는 입술을 깨물었다.

이야기를 다 듣고 난 선생님이 내 등을 토닥여주셨다.

"그런데 그 우산대, 네가 개발한 거니?"

나는 식은땀을 흘리고 있었다. 선생님의 미소가 불편하게 느껴졌기 때문이었다.

'너는 너무 나서다가 일생을 그르칠 거야.'

교탁 밑에서 불편한 목소리가 들려왔다.

학교에서 돌아와 가방을 팽개치고 산판으로 뛰어갔다. 축구 시합을 하던 아이들이 일제히 소리를 쳤다.

"너 청소 안 하고 도망온 거지?"

"아니, 청소 다하고 왔어."

나는 짐짓 먼 산을 바라보며 한 마디 덧붙였다.

"내일은 분명히 남풍이 불 거야. 내일도 빗나가면 내가 또다시 운동장 청소를 하지."

나를 바라보는 아이들이 고개를 갸우뚱거렸다.

그 해가 가기 전에 나는 우산대로 두어 차례 더 플라타너스 잎을 찍어 올려야 했다.

해가 바뀌고 졸업하는 날이 되었다. 선행상 명단에 내 이름이 끼어 있었다. 홀로 묵묵히 운동장 청소를 떠맡은 '선행' 덕이었다. 졸업식을 마치고 화장실 옆 물받이 통에 꺼꽂던 우산대를 꺼내보았다.

'이 꼬질대를 학교에 기증할까?'

나는 졸업장 속에 상장을 감춘 채, 질질 우산대를 끌고 집으로 왔다.

얼마 후 우산대는 어머니 차지가 되었다.

제사상에 비싼 홍어 대신 밥주걱이라 불리던 가오리를 올렸는데, 그 제수용 바닷고기를 매달아놓는 데 제격이었기 때문이었다. 몇 년 뒤, 손잡이가 부러진 우산대는 부지깽이로 쓰였다. 아궁이가 없어지고 연탄보일러로 바뀐 뒤에는 그 우산대를 본 적이 없다.

플라타너스를 찍어 올리던 우산대.

내 우쭐댐에 선행상을 달아준 우산대.

우산을 펼 때마다, 나는 그 옛날 플라타너스 그늘에 든다.

그 옛날 드넓은 운동장의 차갑던 낙엽이 술잔을 건넨다.

오늘밤 바람은 어느 쪽으로 부나? 늦가을 비에 플라타너스 잎이 다 지셨는걸.

나를 데리고 포장마차로 간다.

그 옛날에 벌써 알아버렸다. 바람은 언제나 마음 반대편에서 분다는 것을 말이다. 단풍이 든 플라타너스보다 아름다운 그늘을 갖고 있는 나무는 세상에 없다. 바람 부는 늦가을 저녁, 포장마차라는 물푸레나무만 빼고 말이다.

파리의 추억

　제2훈련소에서 한 달간의 훈련을 마치고 부대 배치를 받는 날이었다. 어디로 가도 훈련소보다 혹독하리란 것을 알고 있지만, 자신에게 떨어질 운명을 점치느라 연병장이 술렁거린다. 부대 배치를 어디로 받느냐에 따라 남은 군 생활의 행복지수가 달라진다. 군 생활이란 것이 빵 봉지나 반합에 갇힌 개미 신세라 할지라도, 단팥빵이냐 식빵이냐가 다르고, 물 떠 마시는 반합이냐 라면 끓이는 반합이냐가 다른 것이다.

　"훈련병 이정록 앞으로!"

　뭔가 불길하다. 먼저 차출된 한 무더기의 훈련병들이 군용 배낭을 입에 물고 일차로 연병장 가장자리를 따라 오리걸음이다. 어디로 가는 걸까, 수군거릴 수도 없다. 입에 배낭이 물려 있으니 침만 질질 흘리며 불안한 눈망울을 둥글릴 뿐이다. 다른 훈련병들이 군용 버스와 트럭을 타고 떠난 해 질 녘의 연병장에는 일차로 차출된 이십여 명만이 녹초가 되어 있다. 배낭을 양손에 들었다가 어깨에 멨다가, 처녀보쌈에 나간 노총각마냥 숨만 헐떡인다. 언제 보쌈을 풀고 여인의 얼굴을 마주한단 말인가. 총 한번 쏴보지도 못하고 다리가 풀린 꼴이다. 어둠을 헤치며 오리걸음으로 당도한 곳은 제2훈련소 본부중대다. 가장 가까운 곳을 가장 멀리 왔다.

"너희들은 특기와 적성에 따라 소 본부나 각 연대로 배치될 것이다."

다음 날 나는, 또다시 가장 먼저 차출된다.

"배낭은 그대로 놓고 나를 따른다."

기간병 중에 제일 졸병이다. 이등병이다. 바래지 않은 군복이며 샛노란 송충이 계급장! 우리보다 일, 이주일 먼저 입대한 게 분명하다.

"삽질 잘합니까?"

그러고 보니 함께 차출된 세 명 모두 어깨가 넓다. 운동으로 단련된 몸이 아니라 낫질과 지게질로 다져진 몸집들이다. 살벌한 이등병의 군기 속에서 우리가 하루 종일 할 일은 김장독을 묻는 것이었다.

"똑바로 해라. 확 묻어버리겠다. 요령 피우는 놈은 김장독 대신 그곳에서 겨울을 난다. 알겠습니까?"

어둠 속에서 삽자루를 메고 돌아오니, 남은 건 우리 농촌 출신뿐이다. 얼마 후, 둘은 소 본부로 가고 타자기를 다루지 못하는 나만 남는다.

취침나팔 불기 십분 전, 나를 데리러온 사람은 군인이 아니다. 긴 장화를 신고 있다. 들고 온 라면을 한 솥 내려놓는다. 27연대 취사병이란다.

"넌 27연대 취사장 보일러 병이다."

잠이 안 온다. 취사장 군기가 제일 세단 말은 입대 전에 수도 없이 들었기 때문이다.

"27연대 병력은 2천 명도 넘는다. 매일 열여섯 명의 취사병들이 이들의 포도청을 책임진다. 긍지를 갖고 성실히 생활하길 바란다."

다음 날 나는 200자 원고지 다섯 장을 받는다.

"3일 동안 너는 원고지 다섯 장씩 받을 것이다."

이 얼마나 가슴 뛰는 일인가? 내가 작가 지망생인 것을 어찌 알았을까? 역시 군의 정보력을 대단하다.

"너는 매일 식당에서 파리를 천 마리씩 잡는다. 잡은 파리는 원고지 칸칸에 풀로 붙여서 저녁식사 전까지 제출한다."

하루 종일 팔이 떨어지게 파리채를 휘두르지만 이백 마리도 못 채운다.

'이게 군인의 길이란 말인가?'

군기가 빠져서 그렇다고 저녁 내내 기합이다. 파리가 한 마리씩 들어앉은 원고지가 원산폭격을 하고 있는 내 눈에 보인다. 제대로 숨을 거두지 않은 파리가 나처럼 발버둥을 친다.

다음 날은 파리채에 막대기를 묶어 천장에 붙어 있는 파리를 공략한다.

원고지 두 장을 채우지 못한다. 다시 기합이다.

삼일 째다. 팔을 올릴 힘도 없다. 이렇게 군 생활 하느니, 차라리 파리가 되고 싶다. 궁하면 통한다 했던가, 머리에 꼼수 하나가 휙 스치고 지나간다.

'바로 그거야.'

나는 창가 방충망으로 갔다. 역시나, 창턱에는 지난여름에 목숨을 놓은 파리들이 수백 마리다. 잘 마른 미라는 조금만 힘을 주어도 부서진다. 조심조심 모아서 물에 담갔다가 그늘에 말린다. 방금 목숨을 놓은 것처럼 파리의 주검들이 촉촉해진다.

"사흘 만에 파리 잡는 끈끈이주걱이 되었군. 참 빠른 놈이야. 넌 취사장에서 쓰기 아까운 놈이다."

다음 날 아침, 나는 배낭을 메고 본부중대 행정실로 올라간다.

그로부터 사 년 후, 나는 원고지에 글자를 붙여 넣는 작가가 된다. 군의 예측력은 대단하다.

원고지를 앞에 두면, 지금도 나는 파리처럼 손을 비비는 버릇이 있다. 파리의 날개처럼 투명한 글, 파리처럼 더러운 곳도 마다하지 않는 글쟁이! 파리의 추억이, 나를 다시 닦아세운다.

다 담임 잘못이지유

어떻게 들어왔나? 새로 설치한 석유난로 연통 위에 된장잠자리 한 마리가 앉으려다가 미끄러진다.

학교에 얼마나 한 맺힌 영혼이면 잠자리로 환생한 뒤에도 학교에 와서 놀까? 교무실에 뭔 인연이 있어서 저 연통에 앉아 미끄럼놀이를 할까?

멍하니 잠자리를 바라본다. 저러다 다시 나가겠지. 창문을 조금 연다. 바람이 차다. 어찌 내 마음을 알았을까, 창틈으로 스르르 나가 운동장 쪽으로 날아간다. 또 와라. 월급날엔 내가 짜장면을 사주마.

다시 고개를 처박고 책을 보고 있는데, 이번엔 부스럭거리는 소리가 들린다. 서서히 내 쪽으로 다가온다. 나는 잔뜩 긴장한다. 이건 쥐 새끼 소리가 분명하다. 나는 지시봉으로 쓰는 대나무 막대기를 든다. 최소한 몸을 움직이지 않고 아주 천천히, 놈이 최대한 접근할 때까지 고개를 들지 않는다. 놈도 내 발밑 일 미터 반경까지 다가와서 버스럭거리는 소리를 멈춘다.

나는 잔뜩 긴장한다. 손아귀에 일순 땀이 찬다. 나는 불한당이 아니다. 살생유택, 죽이고 싶은 마음은 없다. 놈도 학교에 무슨 인연이 있어 이렇게 열심히 출근을 하시나? 아예, 학교에 숙소를 잡고 사시나?

으라차찻!

몸을 퉁겨 봉을 날리는 순간 놈은 없고 그 자리에 할머니 한 분 서 계신다. 실내화 대신에 비닐봉지를 양발에 묶어 매셨다.

"선생님이 우리 손녀 담임되시나유?"

"예?"

"근데 우리 경순이가 잘못헌 거는 지도 잘 아는디, 이 늙은 할미까지 때리실라구유. 그렇게 혀서라도 선상님 맘이 풀리시면 어쩔 수는 읎는디, 개도 어미아비 없응께 워다다 맘 못 두고 그리 속을 썩이는구만유."

나는 할머니가 쥐 새끼인줄 착각했다고 차마 말 못 하고 검정 비닐봉지를 하염없이 내려다본다. 내 눈가가 잠자리 날개처럼 부연해진다. 잠자리가 내 눈에 들어왔나?

엊그제 장터에 내려갔을 때 본 단감나무와 대추나무 묘목도 할머니처럼 제 시린 발에 비닐봉지를 묶어 매고 있었다. 지가 얼마나 좋은 감나무인지 증명하듯 붉은 감을 매달고 있었다.

"다 담임 잘못이지유."

나는 얼른 말을 얼버무린다. 할머니 볼에 불콰하게 매달린 감을 본다.
감의 볼에 무수히 그어진 바람의 상처를 본다.

짬뽕과 목탁

낯선 동네에 가면 끼니마다 뭘 먹을까 망설여진다. 내가 사는 곳에서야 뭐는 어디가 맛있고 뭐는 어디가 끝내준다는 것을 죽 꿰고 있건만, 처음 와본 동네에선 도무지 감이 잡히지 않는다. 서울이나 대형병원 앞은 더욱 그렇다. 사람이나 차가 북적거려서 들어가보면 이건 맛과 멋이 아니라 순전히 편리성 때문에 모여든 사람들이다. 그저 때우는 게 목적인 사람들이 허겁지겁 허기와 싸우는 것이다. 먹는 게 아니라 밀어 넣는 것이다. 군대에서 익힌 전투적 식사법이 그대로 재현되고 있을 뿐이다. 그런 곳에 가면 사람은 분명 살기 위해 먹는다는 것을 알 수 있다.

낯선 곳에서는 제 입맛에 딱 맞는 음식을 고르기 어렵다. 그나마 실패율이 가장 낮은 방법은 체인점에 들어가는 것이다. 그곳에는 전 세계나 전 국토의 입맛을 하나로 길들여놓는 폭력이 있고, 우리는 이미 그 폭력에 익숙해져 있기 때문이다. 그것마저 맘에 안 들면 한식으로는 된장찌개나 김치찌개를, 중식으로는 짜장면이나 짬뽕을 먹으면 된다. 이중에 딱 하나만 들라 하면 그건 당연히 짜장면이다. 된장이나 김치도 그 맛이 천차만별이고, 국물이 있는 음식은 건더기뿐인 음식에 비해 맛의 차이가 많기 때문이다. 좀 낡고 오래된 중국집에 들어가서 "짜장면이요!" 하고 점잖고도 단호하게 말하면 된다. 짜장면마저 맛이 없었다면 그 중국음식점은 벌써 망했을 테니까.

웅천에 다녀오는 길에 신평삼거리에서 허기를 만났다. 허기는 늘 꼬르륵거리기만 하는 내 오래된 안식구이다. 점심을 때우고 집에 갈 것인가? 집에 가서 점심을 먹을 것인가? 허기와 다투는 사이, 중국집 간판이 눈에 들어왔다. 어디에서나 볼 수 있는 '만리장성'이었다. 나는 '만리장성'이란 단어나 사진을 보면 긴 면발의 국수 가닥이 떠오른다. 구절양장의 인생길이 떠오른다. 양이나 염소의 불룩한 뱃속에 꾸역꾸역 똬리를 틀고 있는 긴 국수 가닥을 펴서 산줄기에 걸어놓으면 만리장성이 되리라.

실내는 한산했다. 밖에 있는 십여 대의 승용차는 뭐란 말인가? 그곳에서 내린 사람들은 어디로 가서 점심을 먹는단 말인가? 자기 집 앞에다 차를 세워놓고 옆집으로 밥을 먹으러 가는 사람들을 탓하지 않는 만리장성의 속내는 무엇인가? 나 같은 뜨내기를 속이기 위해서인가? 나는 짜장면이 나오기도 전에 맛에 대한 기대를 접어놓았다. 그리고 편안한 자세로 앉아 나 같은 풋내기 여행자가 문을 열기만을 기다렸다.

그렇지! 기다려보자고 맘을 먹자마자 출입문이 열렸다. 그런데 웬 스님? 왜소한 몸집에 커다란 바랑을 지고 있었다. 들릴 듯 말 듯한 독경 소리. 밥 따위는 이미 건너뛴 듯 무심한 눈빛. 한뎃잠을 오래 잔 듯한 저 도보 고행승의 누더기 승복과 스님으로서는 좀 길어 보이는 머리카락 위로 오후 두시의 햇살이 내리고 있었다. 주인아줌마가 내게 짜장면을 내려놓고 가까이 다가가는 중에도 스님은 내내 작은 목소리로 경을 외우고 있었다. 스님이니 불경을 외우는 것일게다 추측하는 것이지, 전혀 알아들을 수 있는 목소리가 아니었다.

슬리퍼를 끌고 온 주인아줌마가 "여기 있어요!" 퉁명스레 천 원짜리 한 장을 건네자 스님은 조용히 입을 다물었다. 그러더니 탁자 위에 천천히 바랑을 풀고 목탁을 내려놓았다. 방금 전에 주인아줌마에게 받은 천 원짜리 지폐 위로 햇살이 반짝였다. 흠이 잡힌 목탁에도 햇살이 종종거리고 있었다.

잠시 후, 스님은 탁자 위에 놓여 있던 바랑을 뒤져 아주 조심스럽게 삼천오백 원을 더 꺼내놓았다. 나는 짜장면 그릇을 비우는 척 간판을 올려보았다. 볶음밥은 오천 원, 짜장면은 사천 원…… 사천오백 원은 짬뽕값이었다. 아줌마에게서 받은 천 원에 시주받은 삼천 오백 원이 짬뽕 한 그릇과 만나는 순간이었다. 사천오백 원으로 중국 땅 만리장성에 오른 스님의 경건한 몸짓이 내 웃음을 지그시 눌렀다. 벌어들인 수입이 즉석에서 먹을 것으로 바뀌는 경우를, 스물 넘어 처음 보았다.

나는 멍하니 스님을 건너다보았다. 깨끗한 염치가 거기에 있었다. 스님의 누더기 옷과 커다란 바랑 때문만은 아니었다. 진지한 눈빛과 곧은 자세 때문이었다. 짬뽕 그릇을 건네는 아줌마의 눈빛에도 웃음이 잡혀 있었다. 부처님의 미소엔 못 미칠지라도 기분이 언짢은 미소는 아니었다.

만리장성을 나오며 생각했다. 내가 갖고 있는 바랑은 원고지뿐이고 내가 할 줄 아는 독경은 글 쓰는 일이니, 저 스님의 행장을 원고료로 바꿔야겠구나. 그리고 내 단골 중국집 '유래원'으로 문우들을 불러 짬뽕이나 시켜 먹어야겠구나. 스님처럼 나도 원고료 수입에 두 배 가웃을 얹으면 탕수육과 고량주도 먹을 수 있겠구나. 내가 스님에게 시주를 받은 격이었다.

스님도 알고 있었을까? 낯선 곳에서는 짜장면이나 짬뽕이 먹을 만하다는 것을! 도보 고행승은 언제나 낯선 곳에서 허기를 만날 텐데, 끼니마다 무엇을 먹을까? 언제 어디서나 변함없을 냉수 한 사발에 구름 한 솥, 어둠이 밀려오는 서녘하늘에서 누룽지를 긁어 드실까?

짬뽕 그릇 옆에서 입맛을 다시던 목탁 하나가 낮달로 떠 있다.

신 구지가 新龜旨歌

며칠째 배가 아팠다. 저녁 술 약속을 포기해야 할 지경이었다.

"엊그제도 아프다더니 술만 잘하더라. 배 아픈 데는 술이 약이야."

소주가 몇 잔 들어가니 속 쓰림은 봄바람에 박주가리 씨앗 날아가듯 사라졌다. 노래방에서 맥주까지 마신 뒤, 밤늦게 귀가했다. 아내가 눈을 부라렸다.

"끼니까지 거르는 사람이 잘한다."

나는 '잘한다'란 말을 들으면, 곧이곧대로 듣는다. 미뤘던 약속을 앞당겨 이틀을 더 마셨다. 배가 아프면, 술을 넣어달라는 몸의 명령으로 받아들였다. 나는 술의 몸종, 술판의 충성스런 신하였다. 밥이 들어가지 못한 자리를 알코올의 열량으로 대신했다. 나중에는 술에 취했는데도 아팠다. 며칠 전 병원에서 처방받은 위장약을 먹었는데도 식은땀이 흐르고 오한이 와서 한숨도 잘 수 없었다. 근무시간 짬을 내서 약국에 갔다. 술이 과해서 그런 것 같다며 진통제에 간장약을 듬뿍 지어주었다. 간장약에 진통제에 위장약에 감기약까지 쓸어 넣어도 잠을 이룰 수 없었다. 은수저로 양은 솥바닥을 긁는 것 같았다. 머릿속에다 주파수 안 맞는 라디오를 틀어놓은 것 같았다. 독방에 누워 다시 하룻밤을 꼴딱 새웠다. 해가 뜨자 몸이 좀 가뿐해졌다. 그러나 출근하다가 다시 진통이 와서 병원으로 핸들을 꺾었다.

"충수염인 것 같습니다. 당장 큰 병원 응급실로 가세요. 구급차 불러드릴까요?"

"아닙니다."

아내에겐 대충 전화로 이야기하고 대학병원 응급실로 차를 몰고 갔다. 액셀을 밟을 수도 운전을 그칠 수도 없을 만큼 아팠다. 진땀이 흘러내렸다. 도착하자마자 의사들이 바쁘게 뛰어다녔다. 간호사들의 목청이 높아졌다.

"병이 많이 진행되어서 큰 수술이 될 거예요."

죽어도 좋다는, 서류에 서명했다. 초록색 가운을 입은 의사 몇이 빙 둘러섰다.

"거꾸로, 다섯까지 세어보세요."

수술이 끝나고 의식이 회복되면, 아내에게 사랑한다고 말해야겠다고 되뇌며 다섯을 헤아렸다.

"다섯, 넷, ㅅ……."

초등학교 이후로 다섯도 못 센 건, 그때가 처음이다.

그리고 암전!

온몸이 부들부들 떨렸다. 몸이 공중으로 솟구쳐오르는 것 같았다. 무슨 말인가 해야겠는데, 눈앞이 흐릿했다.

'수술이 끝나서 마취에서 깨어나는 중이구나.'

어렴풋이 짐작할 수 있었다.

왜 이리 춥지? 벌써 겨울인가? 그럼 몇 달째 의식불명으로 누워 있었나? 그래 맞아! 아내에게 사랑한다고 말해야지. 순간 흐릿한 물체가 내 손을 잡았다. 눈을 또렷이 뜨려고 해도 누군지 알 수 없었다.

'그래, 내 손을 잡는 걸 보면 분명히 아내겠지.'

나는 입을 한껏 벌려 천천히 말했다. 눈은 잘 안 보이는데도 말은 또박또박 새어나왔다.

"사랑해. 당신은 천사야."

웃는 소리가 들려왔다.

"겨우 살려놓으니까, 깨나자마자 간호사한테 사랑한다고. 당신은 역시 바람둥이야."

이런? 다시 태어나서 겨우 듣는 소리가 바람둥이라니! 나는 한참을 의식이 없는 양 연기해야만 했다. 혼수상태인 척, 아내 이름을 부르며 역겨운 대사를 중얼거렸다. 아내가 입을 틀어막는 바람에, 다행히 헛기침을 내뱉으며 현실계로 돌아올 수 있었다.

그런데 하루가 지나도 또 한나절이 지나도 오줌을 눌 수가 없었다. 수술 때문에 부어서 그렇다고 했다. 요로를 통해 방광까지 호스를 박아야 한단다. 비뇨기과 여의사가 들어왔다. 인턴인지 젊었다. 내 하반신이 벗겨졌다. 아내가 내 귀두를 잡고 여의사가 호스를 집어넣었다. 세상에 이렇게 오묘한 고통은 처음이다.

'저, 거북이 머리에 눈이 없다는 게 얼마나 다행인가? 거기에 눈알이 있다면, 여의사를 볼 것인가? 아내와 눈을 마주칠 것인가?'

여의사의 비닐장갑이 거대한 콘돔처럼 부스럭거렸다. 다시 이틀이 지났다. 이제 호스를 빼내도 오줌이 잘 나올 듯했다. 비뇨기과 전문의(남자)가 호스를 제거하자고 했다.

'그런데 왜 웃지?'

호스를 제거할 때, 다시 그 미혼의 여의사가 방문했다. 커튼이 드리워졌다. 아, 세상에 이렇듯 야릇한 아픔이라니?

그러나 오줌이 나오질 않았다. 나는 한 시간도 안 되어 비뇨기과 전문의의 미소를 알게 되었다. 또다시 커튼이 쳐지고 아내와 초록색 수술복을 입은 여의사가 합심 협력으로 내 귀두와의 재회를 나누고 있었다.

'아. 이런 좆같은 경우가 있나?'

며칠 더 비닐 오줌보를 차고 다녔다. 더 놔두면 염증이 생긴다고 위협할 때까지, 오줌주머니를 차고 비뇨기과 앞을 활보했다.

몇 년이 지난 요즘도, 내 팬티 속 거북이 머리와 마주칠 때마다 두 여자의 어색한 손놀림이 떠오른다. 그러면 이놈은 검은 풀숲 모래펄 속으로 나 살려라 기어든다. 빨리 기억을 지워버려야만 성대한 거북이를 다시 만날 수 있겠지만, 몸의 기억은 무덤까지 간단다.

술은 치료제가 아니라, 신통제다. 근데, 참 묘하다. 술을 마시면, 때로 이놈이 커튼을 젖히고 기어나오려 한다. 커튼인지, 텐트인지 구분도 못하는 놈과 오늘도 맞절을 한다. 아내와 여의사의 눈길이 골똘히 만났던 성소에다, 큰절!

시인보다 아름다운 경찰

"열심히 일한 당신, 떠나라!"

참 좋은 문구다. 스스로 빈둥빈둥 놀고 있다고 생각하는 사람은 드물다. 하지만 한마디 더 덧붙이자.

"열심히 일한 당신, 떠나라! 그러나 교통범칙금을 달고 오지는 마라."

장래 희망이 경찰이었던 사람도 어른이 되면 경찰을 싫어하게 된다. 경찰이 내 삶의 길손이란 생각보다는, 자유롭고 정의로운 인생길에 깜박이를 켜고 달려들 것 같기 때문이다. 이런 말을 들은 적이 있다. 새벽에 초인종 소리를 듣고 두부 장수를 떠올리는 사회와 특수 경찰이나 강도를 떠올리는 사회의 차이가 곧, 그 나라의 민주주의와 평화의 수준을 가리는 잣대가 된다는 말을.

여행을 하다가 순찰중이거나 검문중인 경찰을 만났을 때, 그 제복을 보고 싱그러움을 느낄 수 있다면 얼마나 좋은 일이랴. 그러나 안전띠와 속도계를 확인하고 엑셀 페달에서 브레이크로 번쩍 발을 옮겨 감속을 한 뒤에도 왠지 찜찜한 마음이 목젖까지 밀고 올라오는 것은 무엇 때문인가? 길모퉁이에서 잠복하고 있다가 나를 비롯한 예비 범법자를 불쑥 덮칠 것 같은 두려움은 나만의 마음일까?

　몇 년 전의 일이다. 당뇨가 심했던 장인께서 논산에 있는 병원에 입원을 한 적이 있다. 당뇨뿐만이 아니라 그에 따른 후유증으로 다리뼈가 골절됐다는 소식을 뒤늦게 알게 된 뒤, 승용차의 속도는 빨라졌다. 제한속도 60킬로미터를 초과해서 달려온 것은 교통경찰에게 잡히지 않았는데, 논산 시내로 진입하는 도중 황색 신호등에서 그만 사거리를 건너게 되었다. 사고가 난 것은 아니지만, 십여 미터 앞에는 여지없이 나를 기다리는 제복이 있었다. 앞 유리를 내리고 자초지종을 설명하려 했으나 그는 막무가내로 내리라고 하더니, 나를 오 미터쯤 떨어진 곳으로 데리고 가서 신호 위반 사실에 서명을 하라고 했다.
　내 머리는 갑자기 복잡해졌다. 근무하는 동안, 나와 똑같은 신호 위반자한테 똑같은 변명을 들어야 할 경찰 양반께서 지금 원하는 게 무엇일까? 나는 재빨리 이 순간을 정리하고 병원으로 달음질치고 싶었다. 내 손에는 어느새 만 원짜리 한 장이 들려 있었다.

"왜 이러십니까? 아이들 맛있는 거나 사주십시오."

나는 또 머리가 복잡해졌다.

'돈이 적어서일까?'

망설이는 사이, 경찰 아저씨가 곧바로 말을 이었다.

"제가 이곳으로 선생님을 모신 것은 아이들 앞에서 교통신호 위반 사실을 설명하는 것이 비교육적이라고 생각했기 때문입니다."

나는 얼굴이 붉어졌고 그는 여전히 화사하게 웃고 있었다. 나는 두말없이 서명을 하고 차에 올랐다. 어느새 다가왔는지, 경찰이 나에게 거수경례를 했다.

차가 출발하자 아이들이 자꾸 물었다.

"왜 경찰이 아빠한테 인사를 해? 어디 갔다 왔어?"

"으응. 아빠가 시인이잖아. 경찰 아저씨가 아빠를 무지 좋아한다고 책을 들고 와서 싸인을 해달라고 하잖니. 그래서 아빠가 멋있게 싸인을 해 줬지."

나는 못난 시인이었고, 그는 아름다운 경찰이었다.

나는 내 부끄러운 기억으로 인해 그 뒤로 경찰이 더 싫어졌다. 그는 시인보다 훨씬 아름다운 경찰이었다.

이 일로 경찰에 대한 이미지가 다 바뀐 것은 아니다. 가로수 뒤나 언덕

길 아래에 숨어서 단속을 펼치는 것을 볼 때면 괜히 범법행위를 하고 싶어진다. '너희들이 원하는 게 이거지?' 하고, 경적을 울리고 싶을 때가 있다. 그들의 고난을 모르는 바 아니다. 다만 크게 보자는 것이다. 내부의 적을 서로 만들지 말자는 것이다. 길이 아니면 가지 말라고 엄포를 놓지 말고, 길을 고치거나 놓자는 것이다. 시속 80킬로미터로 달리는 강물은 그 속도로 달리게 하자는 것이다.

내가 사는 집 바로 앞에는 향나무 울타리가 아름다운 홍성초등학교가 있다. 울타리가 있으면 개구멍이 있고, 개구멍을 지키는 선생님과 선도학생이 있기 마련이다. 하지만 모 교장선생님이 부임한 뒤, 그 개구멍은 후문으로 바뀌었다. 교칙을 어기며 개구멍을 기어들어야 했던 아이들의 표정이 밝아졌다. 정문으로 등교해야만 한다는 고정관념이 개교 80년 만에 깨진 것이다. 아이들은 다시 울타리 어느 곳에 개구멍을 낼 것이다. 그러면 가장 큰 개구멍에 문을 내면 된다. 그 후문으로 아이만 다닐까? 조기축구회 아저씨도 다니고, 학부모님도 다니고, 선생님도 출퇴근한다.

곤충의 길이든, 새의 길이든, 길은 아름답다. 거기에는 자유가 있기 때문이다(한마디 덧붙이자. 후문을 만든 모 교장선생님은 초등학교 6학년 때 나의 담임선생님이셨던 리효해 선생님이다).

자식이 씨눈, 희망이 싹눈

"좀 상했어도, 씨눈만 다치지 않았다면 괜찮아. 제 몸이 부실하면 새끼라도 성하게 키우려고 외려 싹이 더 잘 터. 콩만 그러겠어? 사람도 다 똑같은 거야. 사람한테 씨눈이 뭐겠어? 나 같은 늙은이한테는 자식이 씨눈이고, 자네 같은 젊은 사람한테는 희망이 싹눈이지. 꿈 말이야. 누구는 밭이 좋아야 싹이 잘 튼다지만, 장마 때는 콩꼬투리 안에서 싹이 터서 어미 몸뚱어리에 뿌리를 디밀기도 하지.

세상에 가장 힘이 센 게 싹이란 거야. 희망 말이야. 옛날에는 바짝 마른 콩을 바위틈에 넣고 물을 들이부어서 바위를 쪼개기도 했어. 싹의 힘이 다이너마이트인 거지. 나이가 들어도 희망이란 걸 버리면 끝장이야. 몸만 건강하면 무엇해. 꿈을 꾸지 않는 삶은 싹눈이 없는 알곡하고 똑같은 거야. 짐승 사료에 불과한 거지. 말 못하는 짐승의 창자 속에 갇혔다가 두엄 무지에 처박히는 꼴밖에 더 되겠어.

나 요새 노래교실에 나가. 내 꿈이 뭐여? 하춘화도 울고 갈 가수가 꿈이었잖아. 그 바람에 건반 두드리는 신랑을 만난 건데, 어디 그 양반이 마이크 한번 잡게 했게? 애들이나 잘 건사하는 게 가수 되는 것보다 질 높은 인생이라고, 날 집 안에 처박아만 뒀지. 집안에 잔치가 있어서 뽕짝이라도 부를라치면, 애들이 뭘 배우겠느냐며 얼마나 도끼눈을 휘두르던지? 남 앞에서 노래 불러본 지 어언 삼십 년, 목젖이 사라진 줄 알았다니까.

근데 그 사람 떠나고, 어느 날 하도 폭폭해서 소주를 두어 컵 들이켰는데, 가슴팍 저 밑에서 소리 가락이 스멀대고 올라오는 거야. 한 곡 쭉 뽑았지. 옆에서 시험공부 하던 애들이 막 손뼉을 치는 거야. 가수 해도 되겠다고. 그렇게 잘 부르면서 왜 여태까지 바보처럼 노래 한번 안 했느냐고 성화를 부리더라고. 그래서 내가, 아버지가 노래 부르는 걸 싫어해서 안 불렀다고. 난 지금도 너희들 아버지가 살아 돌아오셔서 노래 집어치우라고 뺨이라도 때릴 것 같다고, 청승을 떨다 보니까, 갑자기 목구멍에서 울컥하고 뭔가가 넘어오는 거야. 그러더니 목청이 탁 트이는 거야. 그날 내가 이미자하고 하춘화하고 남인수하고 현숙이까지 한 바퀴 돌려버렸지. 울컥! 넘어온 그것이 아마 음치병 마개였던가봐. 나 스스로 막아놓았던 거라서 단번에 빵 하고 터져버리데.

다음 날 큰애가 노래교실 수강증을 끊어왔어. 내가 신랑 병시중이 십이 년이여. 그래도 그 양반이 폐암 십수 년에도 가족 안 굶기려고 무던 애썼어. 밤무대라는 게 술, 담배와 부부지간 아닌가? 폐와 간이 망가졌지. 요양 차 시골로 이사 와서는 처음엔 더 힘이 들었지. 맨날 백구두 신고 저녁 나들이하니까 농사짓는 분들이 볼 때는 어디 수렁논에다 처박아버리고 싶었겠지. 근데 한 해도 지나지 않아서 동네 뱀하고 굼벵이들은 다 우리 집으로 왔지. 공짜로 말이야. 우리 집 막내가 기겁하곤 했는데, 막내 놈이 한 가지 좋아하는 건 있었어. 뱀을 담아온 비료 포대를 모았다가 엿 바꿔먹을 때 배시시 웃곤 했지. 그놈이 벌써 장가들어 애가 중학생이여.

내 꿈은 말이여. 음반 하나 찍어서 동네 어른들한테 나눠드리는 거야. 이장님이 방송할 때마다 틀어준다고 약속도 하셨어. 그리고 장구도 배워서 칠순잔치 팔순잔치 무료 공연도 하며 살 거야. 나야 건강하지. 좀은 먹었어도 싹눈이 실하다니까.

요새는 촌도 많이 달라졌어. 예전에 오솔길이란 게 비탈밭이나 가고 산소나 찾아가던 길이었는데, 이제는 산책길이 되었어. 손뼉도 치고 소나무에 등도 두드리며 건강 걷기라는 걸 한다고, 올레길이 마을마다 생겼다니까. 마을 회관에 노래방도 있고 찜질방도 놨어. 술 먹고 비틀거리는 아저씨들도 드물어. 다들 갔어. 아낙들끼리 겨우내 삼베 짜고, 윷가락던지며 놀아. 삼베 잘 나면 이삼 백씩은 만져.

　아, 몇 안 남은 늙은 신랑들하고 돌려가며 댄스도 배워. 사내 있는 여편네들이 젤로 부러워. 그리고 한글 가르치는 대학생들도 와. 이 시골 동네가 다시 살아난 거 같아. 일은 이제 조금밖에 안 해. 젊은 사람 몇이 안팎 들판을 다 부쳐 먹어. 늙은이들은 텃밭 농사만 해. 돈 필요하면 내 논밭에서 일하고 오만 원씩 품삯 받아. 통장에 천만 원 아래인 사람은 없을 거야. 있다면 몰래 자식 놈들 나눠준 거지. 환갑 넘고 칠순 다 돼서 꿈도 알고 재미도 안 거야.

　건강하게 늙는다는 거, 단 한 가지야. 씨눈이 상하면 안 돼. 꿈이 있어야 콩인 거야. 그래야 봄이 와도 봄이지. 그게 아니면 돈벼락 맞고 금은 방석에 앉아 있어도, 한겨울 북풍한설인 거야."

내 마음의 신작로에는

신작로라는 말속에는 흙먼지가 풀풀 날린다. 신작로라는 말속에는 집채만 한 덤프트럭 때문에 길가로 몰린 초등학생들의 하굣길, 코딱지 꾀죄죄한 행렬이 있다. 신작로라는 말속에는 석탄을 가득 싣고 달리는 성질 급한 운전사가 있고, 아무 곳에다 내갈기던 오줌 줄기가 있다. 그 오줌 줄기에 얼굴을 씻던 코스모스가 있다. 신작로라는 말속에는 아버지의 술 취한 자전거가 있고, 리어카 가득 담뱃잎을 싣고 집으로 돌아오던 어스름의 여름이 있다.

무덥던 여름, 삐딱구두를 신고 서서히 다가오던 스물다섯 살의 국어선생님이 있다. 담배꽃처럼 아름다운 분홍빛 얼굴이 있다. 내 마음의 신작로에는 부끄럼의 끝자락에서 피어난 내 최초의 설렘이 있다. 국어선생님을 만난 곳은 신작로와 딱 붙어 있던 담배밭이었다.

칠월 어느 일요일, 나는 담배밭 고랑에서 더위에 축 늘어진 담뱃잎을 따고 있었다. 중학교에 들어간 뒤로는 옷이 두 벌밖에 없었다. 교복과 체육복! 여름엔 체육복을 벗고 메리야스만 입으면 됐고, 겨울이 되면 체육복 위에 할머니의 스웨터를 껴입었다. 밭일을 하는 동안 입고 있었던 하얀 체육복은 담뱃잎에서 흘러나오는 끈끈한 담뱃진과 흙과 검은 진딧물로 엉망이 되었다. 학교 마크인 반딧불이 위에도 진딧물이 잔뜩 으깨어져 있었다. 집으로 돌아가, 담뱃잎을 엮어 비닐하우스에 널어놓고, 정말, 어서 빨리, 자고 싶을 뿐이었다.

땀과 진딧물에 찌든 얼굴로 밭고랑을 기어나오는데, 바로 코앞에 국어선생님이 서 계셨다. 저 멀리서 양산을 쓰고 오던 흙먼지 속의 이상한 여인이 새로 부임한 국어선생님이셨던 것이다. 나는 머릿속이 복잡해졌다. 내 몰골이 너무 부끄러웠다. 체육복 앞가슴에 찍혀 있는 반딧불이가 내 가슴의 쿵쾅거리는 소리를 받아먹고 있었다.

"수고가 많구나. 정록이가 이 동네에서 사는구나."

"예…… 선생님은 웬일이래유?"

"응, 너희들이 어디에서 사는지 궁금해서, 주말마다 걸어 다니고 있어."

"그럼 요곡도 가봤어유?"

"응."

"거기는 선생님 자취방에서부터 이십 리가 넘는디유?"

"이거 받아."

선생님은 핸드백을 열어 사탕 두 알을 주시고는 백동마을로 내려가셨다.

신작로라는 말속에는 사탕을 꺼내시던 선생님의 하얀 손과 발품 없는 교육은 가짜라는 채찍이 있다. 썼다가 지우곤 했던 선생님의 고향 주소가 떠오른다.

아산군 도고면 신언리 150번지 오순애 선생님.

배고픔과 밀접한 것들

대학에 입학하면서 처음으로 고향을 떠나게 되었다. 그때 깨달은 게 있다. 낯선 곳으로 이사를 가면 먼저 사귀어야 할 것들이다. 첫째가 서점이란 것은 고등학교에 입학한 뒤 깨달았고, 나머지 둘인 식당과 하숙집 친구(나는 오 년 동안 자취를 했다)는 대학에 와서 알았다. 서점이나 식당이나 하숙하는 친구 모두, 신체와 영혼의 배고픔과 밀접하다는 것에서는 하나지만 말이다.

고등학교에 입학하자 봐야 할 책들이 쏟아졌다. 우리 집은 가난했다. 가난하다고 사야 할 책을 사지 않고 읽어야 할 책을 건너뛸 수는 없었다. 도서관은 오래된 책만 빌려주는 곳이었다. 군립도서관에는 참고서도 없었고 신간서적도 없었다. 그곳에서 빌려주는 것은 곰팡이가 피고 쥐 오줌이 서린 묵은 정신이었다. 나는 막 자라나는 청년이었다. 새로운 세계에 대한 나의 동경은 해묵은 고전으로 채워지질 않았다. 일부러 고전을 읽지 않았다. 빛이 환한 신대륙으로 떠나고 싶기 때문이었다. 그즈음 어머니를 졸라 어렵게 구입한 《한국단편문학전집》은 나의 이런 마음을 더 부추겼다. 물레방아와 벙어리와 뽕밭은 벗어나야 할 지긋지긋한 노동이거나 가난일 뿐이었다.

나는 군립도서관 대신에 읍내에 있는 작은 서점을 뻔질나게 들락거렸다. 교모를 꾹 눌러쓰고 신간 소설과 잡지를 몇 십 쪽씩 나눠 읽었다. 참고서와 문제지는 진도에 맞춰 눈으로 읽고 풀었다. 도둑처럼 책을 훔쳐 읽는 거였다. 요즈음에는 흔한 광경일 수 있으나 옛날에는 어림없는 일이었다.

그러던 어느 날이었다. 간혹 서점에 나와 일을 도와주던 서점 집 따님이 톡톡 내 어깨를 두드렸다. 나보다 서너 살은 더 먹었지 싶었다.

"새 책은 그렇게 넘기는 게 아냐."

누나는 하얀 치아를 반짝이며 '도둑 책 보는 방법에 대하여' 설명해주었다. 앉은뱅이 목욕탕 의자도 디밀어주었다. 책장을 넘길 때 손에 침을 바르지 말고 책장의 상단 오른쪽을 둥글게 말아서 넘기란 것이었다. 시범을 보이는 누나의 오른손 검지가 너무 희어서 눈이 부셨다. 매일 도둑 책을 보는 것이 마음이 무거워, 사이사이 헌책방도 들락거렸다. 이삼백 원에 산 문제집을 눈으로 풀고 깨끗이 읽은 뒤 며칠 뒤 되가져 가면 백

원이나 오십 원에 사주었다.

'한일서점'이란 헌책방과 '홍성서점'을 빼면 내 고등학교 시절은 백지보다도 얇아질 것이다. 홍성서점 누나의 아카시아 꽃보다도 하얗던 손과 웃음! 이성적인 동경까지 버무려져 있었는지는, 글쎄? 누나와 눈이 마주칠 때마다 학구적인 포즈로 교모를 매만졌던 기억만은 얘기할 수 있겠다.

낯선 곳에서 혼자 살아갈 때, 서둘러 사귀어야 할 두 번째는 식당이다. 주인아줌마의 마음 씀씀이가 어머니나 할머니 같은 밥집, 고향집 마루에서 먹던 토속적인 맛까지 갖췄다면 그건 더할 나위 없다. 객지생활에서 따뜻한 밥은 약이다. 마음을 다스리는 진정제이며 영양제이다. 낯선 타지에 가면 낯익었던 곳이 그립거늘, 그럴 때 그 옛날의 입맛에 푹 빠지거나 따뜻한 인정에 푸근하게 안기는 것만큼 좋은 치료는 없다. 때로 주머니가 빌 때도, 아줌마! 하고 문을 열면 환한 웃음으로 반겨주는 그런 밥집 말이다. 어쩌면 집 한 채를 사는 것보다도 중요하다. 좋은 집을 장만했다고 따뜻한 밥과 훈훈한 인정이 보장되는 것은 아니니까.

마지막 한 가지는 하숙하는 친구를 사귀는 것이다. 자취생활이란 얼마나 영양이 부실한가. 연탄불은 왜 그리도 숨을 잘 놓아버리던지. 창문을 두드리면 주인집 냉장고를 살금살금 뒤져서 야식을 차려주고 아랫목을 내주던 친구! 등 시리고 마음의 그늘 으스스하던 타향에서, 순전히 내

이기적인 욕심으로만 그들을 사귀었다고는 말할 수 없다. 그때 그들은 나에게 가장 큰 재산이고 버팀목이었고 자랑이었다.

이제는 내가 누구의 책방이 되어주고, 누구의 하숙집 냉장고가 되어주고, 누구의 뜨거운 밥솥이 되어줄 것인가? 생각하노니, 손과 지갑이 차갑고도 얇기만 하다.

'물끄러미'에 대하여

노내기를 마친 논두렁에 왜가리 두 마리가 서 있다.

논바닥의 초록 말줄임표에 듬성듬성 이가 빠져 있다. 왜가리들이 미꾸라지나 개구리를 잡으려고 성큼성큼 뛰어가다가 어린 벼 포기를 밟은 것이다. 진흙 수렁에 빠진 벼 이파리가 연초록의 가녀린 힘을 모으느라, 봄 논의 물살은 파르라니 떨리고 있다.

무논의 진흙 수렁에 처박힌 벼 이파리가 눈을 비비며 내다볼 물 밖 하늘은 얼마나 아득할까? 논두렁의 쇠뜨기며 키 큰 미루나무가 고개를 빼고 물 밑을 두리번거린다. 논둑의 왜가리도 지가 밟고 온 무논을 물끄러미 바라보고 있다.

세상에 깊은 것 가운데 써레질 마친 논만 한 것이 있으랴. 모판을 떠나온 어린 모의 실뿌리라는 것이 옥수수수염만도 못한 길이지만, 그 뿌리가 가 닿아야 할 깊이는 광활하고 엄중한 밤의 나라인 것이다. 자신의 식도를 물음표처럼 서려 접고, 물끄러미 물속 하늘을 들여다보는 왜가리의 골똘함은 또한 얼마나 경건한 풍경인가.

문득 서정주의 시 〈국화 옆에서〉가 떠오른다.

그립고 아쉬움에 가슴 조이던
머언 먼 젊음의 뒤안길에서
인제는 돌아와 거울 앞에 선
내 누님같이 생긴 꽃이여.

부르르 잔주름을 흔들고 있는 무논의 물살을, 왜가리가 물끄러미 바라보고 있다. 초록 이파리가 점점 박힌 거대한 거울 앞에 서면 미루나무도, 구름도, 왜가리의 작은 머리도, 국화 꽃숭어리가 된다. 돌아온 자가 된다. 누님이 된다.

삶이란 것이 제 발끝에 어린 순 부러지는 줄 모르고 뛰어다니는 못된 속성을 갖고 있는 것을, 포만의 충족감 다음에서라야 깨우치는 나여. 아직 거울을 들여다보지 못하는 왜가리의 발가락 같은 나여.

물끄러미, 마음속 하늘을 들여다본다.

• 서정주, 《국화 옆에서》, 민음사, 2001.

누구에게나 눈물 몇 모금의 웅덩이는 있는 것이어서, 언제고 세상의 미꾸라지와 개구리는 내 안에서만 흙탕물을 일으킨다. 가슴속 하늘에는 황사 구름이 사철 부옇게 서려서, 도대체 이놈의 마음에 언제 모내기를 하고 추수를 마친단 말인가.

하지만, 누추한 삶을 물끄러미 바라보는 일은 얼마나 대견하고 고즈넉한 일인가. 내 마음에 안치해놓은 풍경 위에 나를 덧대어, 새로운 풍경으로 감싸 읽는 것은 얼마나 위무적인 일인가. 풍경은 자신의 영역 안으로 들어오는 자에게 부단한 치유의 능력을 보여준다.

오래도록 마음속 왜가리의 목덜미와 진흙 묻은 부리를 어루만질라치면, 못자리에 뜬 하늘처럼 나도 우련히 깊어지기도 하는 것이어서, 부끄러운 지난날들의 흙탕물이 고요히 가라앉는다. 마음의 앙금 안쪽에 실뿌리가 뻗는다. 부유하는 삶은 흐리다. 정처가 없다. 정처가 없으면 뿌리가 내리질 않는다. 뿌리를 기르지 않는 풍경은 힘이 없다. 바닥이 없다.

오늘 나는 작은 거울에 입김을 불어 넣고 이 말을 쓴다.

'물끄러미!'

아, 저녁 같은 이 말의 촉촉함에 나를 비빈다. 내치는 것도 아니고, 와락 껴안는 것도 아니다. '물끄러미'라는 말속에는 적정한 거리가 있다. 대상이 녹아서 나에게 스며들 때까지의 묽은 기다림이 있다. 째려보는 것도 아니고 쏘아보는 것도 아닌, '넌지시'가 있다. 몰아세우고 닦달하는 것이 아니라, 안쓰러운 대상에 안쓰러운 나를 보리밥에 열무김치처럼 비비는 것. 비빔밥 옆 찬물 한 그릇의 눈을, 가슴에 들이는 것!

물끄러미, 오래 젖을 것! 풍경에 나를 덧대고, 내 안에 서려온 그늘이나 설움을 오래 문대며 들여다볼 것!

물끄러미, 봄밤의 무논에 별이 뜬다.

어둠 속 왜가리는 하늘의 눈동자다. 논두렁이 '물끄러미'라는 알 두 개를 밤 깊도록 품고 있다. '물끄러미'라는 저 작은 우주! 깊다. 세상의 아랫목을 달구려는 두 개의 아궁이가 별빛을 빨아들이고 있다. 무논이며 미루나무 이파리가 찰찰찰 끓어오른다.

손길과 발길

손실이 사랑이라면, 손길의 반대말은 무엇일까? 손모가지일까? 저 손모가지를 비틀어버릴 거야! 하고 부르르 떠는 삐뚤어진 입술일까? 손길이라는 말에는 순간의 힘보다는 오래 쓰다듬어서 피어난 체온이 고여 있다. 아무것도 바라지 않아서 풍성하게 열매 맺는 햇살의 입김이 있다.

가을 가지치기를 하는 과수원의 아저씨가 톱과 전지가위를 우악스럽게 다루고 있다 해도 그것은 손길이다. 꼭 잘라내야 할 자리와 톱날의 각도를 생각하는 마음이 있기 때문이다. 어떤 가지를 남기고 어떤 가지를 잘라내야 할까 가늠하는, 따뜻한 눈길이 있기 때문이다. 모내기를 마친 논을 살랑살랑 지나가는 바람처럼, 손길 속에는 그 손이 닿는 곳에 대한 사랑과 자랑스러움이 있다.

반대로 손모가지란 말속에는 다시는 보고 싶지도, 상대하고 싶지도 않은 내침이 있다. 말하는 이가 너무 바르고 당당해서 작은 손아귀의 콧물과 슬픈 고개 숙임을 보려고 하지 않는다. 비틀어버리고 나서 후련하게 등을 돌리고자 하는 자신의 억하심정만이 있다. 손길처럼 오랜 시간으로 쌓아가는 믿음의 정이 아니라, 후딱 내동댕이치고 싶은 악다구니와 완력만이 있을 뿐이다.

정작 손버릇을 고쳐야 할 큰일을 저질렀다면 지금까지 당연히 받았어야 할 손길은 온전하게 받아왔는지, 아니면 너무 많은 손길 때문에 숨 막혀왔는지 살펴주는 것이 먼저다. 모든 것이 바르게 되었다는 생각이 든다 해도, 그의 입장을 귀담아들을 줄 알아야 한다. 어른이란 커다란 손과 따뜻한 핏줄을 가지고 있다는 뜻이기 때문이다.

그러나 손길은 바로 곁에 있을 때만 유효하다. 손길이 닿아야 할 곳이 멀다면 그곳까지 손을 옮길 수 있는 것은 발길이다. 가닿아야 할 손길이 사랑의 편지이거나 책과 옷을 묶은 소포라면, 그 발길은 우표와 우체부가 대신할 것이다. 빨리 뛰어가야 할 손길이 돈이라면, 금융기관의 온라인과 체신부의 우편환이 발길이 되어줄 것이다. 빈손으로 가는 가난한 손길이라면 그 손길의 따뜻함은 다리품만이 온전히 가지고 갈 수 있다.

수박밭의 수박은 농부의 발자국 소리를 듣고 큰다는 말이 있다. 손길과 발길만이 사랑을 여물게 하고, 단물이 고이도록 한다.

등짝의 무게

섬붉은 선지에
뿌리 들이민 콩나물
누가 먼저랄 것 없었을 것이다
수없이 뚫려 있는 작은 입
알아듣지도 못하는 피 끓는 말이
부글부글 선지의 몸을 만드는 동안
솥단지 밖으로 함께 나아가려고
콩나물은 발끝을 돋운 것이다
핏덩어리로 수의를 지어 입은
희고 긴 뼈다귀들

　　　　　　　　　　－ 졸시 〈선지해장국〉 전문

술꾼은 좋은 해장국집을 손가락에 꿴다. 콩나물해장국은 어디가 시원하고 선지는 어디가 깊은 맛을 내는지 서열과 등급을 매긴다. 내가 자주 찾는 '우성해장국집'은 콩나물이면 콩나물, 선지면 선지, 두루치기면 두루치기, 못하는 게 없다. 속 풀려고 갔다가 외려 비틀거리며 나오기 일쑤다. 나는 열에 아홉은 선지를 먹는다. 가난하게 자란 나에게 콩나물은 푸성귀고 선지는 육류의 한 가지쯤으로 여겨지기 때문이다. 해장국 하나도 어린 시절의 허기와 잇닿아 있으니 입맛이란 것은 참 질긴 것이다. 그런데 해장국집 이름이 하필 우성이란 말인가? 피를 바치고 노을처럼 붉게 우는 소의 눈망울이 보이는 듯하다.

해장국집에 가면 맨 먼저 눈에 띄는 것이 쌀가마니다. 열뜬 술기운의 등짝을 쌀가마니에 기대고 있으면 등골을 치고 올라오는 차가운 느낌이 삼삼하다. 아시는가? 지친 등엔 쌀가마니와 무덤이 젤로 편하다는 것을! 찬 물수건을 이마에 올려놓고 쌀자루에 기대어 지그시 눈 감으면, 찬 서리 밀며 날아오는 기러기 울음소리도 들리고 살얼음을 치며 거슬러 올라가는 고깃뱃머리도 보이는 듯하다. 강나루 저쪽에서 암소의 목쉰 울음이 기러기 소리와 함께 건너올 즈음, 선지해장국을 후루룩 후루룩 삼키는 숙연하고도 경건한 마음이라니! 서늘하고도 든든한 등짝의 무게라니!

그런데, 검붉은 선지에 박혀 있는 콩나물의 긴 말씀과 선지의 아우성

치는 작은 입은 또 무슨 법언이란 말인가? 그 선지의 작은 입속으로 백발 휘날리며 기어들고 있는 새우젓의 고행은 또 무슨 탱화란 말인가?

　아, 그 무슨 말로 지난밤의 쓸쓸하고 찬란하고 허황된 술자리를 말할수 있으리오. 등짝을 받들고 있는 쌀가마니나 쓰다듬으며 식은땀을 훔치기나 할 뿐!

편지봉투도 나이를 먹는다

문방구에 가서 아름다운 편지봉투와 편지지를 고르던 옛날, 내 마음의
언덕엔 네잎클로버가 지천이었고 찔레꽃이 눈부셨다. 키 큰 미루나무
이파리가 햇살에 반짝였다.

돌아보면 봉투의 용도에 따라 내 마음의 순도純度도 탁하게 변해왔다.
짝사랑의 연애편지와 월급봉투와 행정 봉투를 거쳐 지금은 축의금이며
부의금 봉투뿐이다. 아니면 다달이 날아오는 각종 카드대금 명세서 봉
투뿐이다. 이제 나에게 들고나는 봉투에서는 돈 냄새가 난다. 내 욕망의
흔적이거나 마음 내키지 않았던 체면의 숫자들뿐이다.

사랑하는 이에게 편지를 보내고 우체부를 기다리던 저런 마음은 이제
없다. 하느님이 주신 간절한 축원과 축복의 시간들은 냄비처럼 쉬 끓다
가 타버렸다. 뚜껑의 손잡이는 고약처럼 눌어붙어서 어깨를 들썩이지도

않는다.

겨울 언덕에 누워 올려다보던 비행기는 하얀 편지봉투를 닮아 있었다. 구름도 편지지 같았다. 그 시절은 이제 다시 오지 않는다.

내 마음의 편지봉투는 늙어버렸다.

우표를 사고 색연필을 사고 낙엽을 주워 모으던 내 손을 물끄러미 바라본다. 그래 이 손으로 편지를 쓰고 우표를 붙이고 텅 빈 우체통을 하루에 몇 번씩 열곤 했지, 하며 손을 가슴에 갖다댄다. 덤덤하다. 가슴이 오래된 무덤 같다.

이제 나는 편지봉투가 나에게 주었던 설렘을 추억하는 나이가 되었다. 편지봉투의 입장이 되어서 그의 마음을 읽어보는 나이가 된 것이다.

편지봉투의 소원은
입에 풀칠 한 번 해보는 것이다

사나흘 쫄쫄 굶을 글자들아
숨 멈추지 마라, 풀칠하는 순간
까치복어처럼 큰 숨 들이마시는 것이다
한 그릇의 공깃밥이 되는 것이다

그리하여, 끝내는

풀 마른 그 입술마저 뜯겨버리는 것이다

그대 눈빛과 맞닥뜨리는 것이다

– 졸시 〈행복〉 전문

누군가에게 다가가서 뜯겨져버리는 생, 그게 얼마나 아름다운 삶인지를 이제야 깨닫는다. 편지봉투는 끝내 까치밥이 되고 싶은 것이다. 읽혀지지 않는 밀봉된 생은 슬프다. 풀칠해서 건넬 아름다운 이야기가 없다면 오늘도 편지지는 나와 함께 의미 없이 늙어갈 뿐이다.

내가 편지를 쓰는 순간, 세상에는 드디어 네잎클로버가 있고 미루나무 푸른 이파리가 반짝인다. 밤 열차의 차창이 우표로 보인다.

먼 하늘나라에 누가 편지를 보냈나? 송이송이 흰 글자들이 쏟아진다.

너도 지금 사랑 중이구나

오솔길은 굽어 있다.

목적지까지 빨리 가야 한다면 길은 굽지 않을 것이다. 움직이는 것들은 다 제 길을 갖는다. 하지만 길은 쉽사리 자신을 보여주지 않는다. 길은 구부러진다. 어떻게든 숨는다. 길은 제 꼭짓점을 보여주려고 척추를 펴지 않는다. 꼬리를 감춘다. 산길도 굽고 물길도 굽이굽이 에돌아나간다. 굴뚝 연기도 희미하게 부풀며 감돈다. 하늘길도 휜다.

오늘은 칡 순을 끊으려고 초롱산으로 간다. 지게 목발을 두드리며 조용필의 노래를 부른다. 윤시내의 노래를 부른다. 산 하나를 다 넘도록 마주치는 사람이 없다. 그늘 깊은 산길이다.

의심 많은 새들이 솟구쳐 건넛산으로 날아간다. 다급한 새가 날아가는 길은 직선에 가까운 포물선이다. 바위 아래로 늘어진 칡 순의 길도 직선이다. 그렇다. 목숨을 헐떡거리며 달려가는 길만이 직선이다.

초롱산에 이르는 산길은 뱀처럼 요리조리 휘어져 있다. 이 길은 목숨을 헐떡이며 만든 길이 아니다. 작대기 가락으로 만들어진 길이다. 처음이 숲이 길 하나를 내어줄 때, 사람의 어깨 너비보다도 좁은 공간만 내어주었다. 뿌리박고 있는 나무들이 제 뿌리를 옮겨서 반듯한 직선의 길을 내어주었겠는가. 풀꽃을 피해서, 어린 나뭇가지를 피해서 내딛는 발걸음 발걸음이 길을 낸 것이다.

굽이굽이 휘어진 오솔길을 걷다보면, 유난히 휘어진 곳이 있다. 나는 문득 그 자리에 서서 굽이친 산길이 감싸고 있던 아름다운 꽃나무를 떠올린다. 지금은 아무것도 없는 이 빈자리에 한때는 꿀벌과 나비가 출렁였겠지, 생각에 잠긴다. 감히 낫이나 톱을 디밀지 않은 사람의 마음도 읽어본다.

산길은 노래와 같다. 숨이 찬 대목이 있고 마음까지 고요하게 풀어지는 부분이 있다. 오르막 내리막의 조화가 정상으로 이끈다. 오솔길은 그 절묘한 변화가 있다. 내 사랑은 지금 처음 가는 막막한 숲길이다. 지금의 내 생은 가시밭이다. 그러나 풀꽃이 내려다보이면 휴식을 취할 평화의 시간이 가까워졌음이리라.

돌아보라. 그 옛날의, 아름다운 추억은 굽이치고 요동친 시간 속에 서려 있다. 내가 내 마음의 꽃나무 한 그루를 베어내지 못해 가슴을 치며 울었던 시간들, 생애에 단 한 번 만이라도 좋으니 그대여 내 가슴에서 꽃 피우라고 빌고 빌던 시간들, 그때의 떨리던 내 손끝에 맺던 꽃봉오리들.

오늘도 짝사랑에게서는 아무런 소식이 없다. 이러다간 편지함에 새들이 둥지를 틀 판이다. 하지만 내 열여섯의 작은 산길에는 그녀라는 꽃나무가 있어 아름답다. 가슴이 먹먹하지만 숨이 가쁘지는 않다. 그녀라는 꽃나무 뒤로 내 삶의 오솔길이 감돈다. 저 멀리 내려다보이는 저수지 옆에 그녀의 집이 가물가물 보인다.

허공에 난 길만이 직선이다. 짝사랑하는 조급한 내 마음이 허공을 내닫는다. 몇 마리 새가 그녀의 집 쪽으로 날아간다. 하늘이 부옇다. 꽃나무는 내 마음속에서 꽃망울을 터뜨린다. 꽃나무가 물기를 빨아올리는지, 내 눈자위의 작은 눈물샘이 뜨거워진다.

칡 순을 부여잡자, 칡꽃향기가 확 풍겨난다.

너도 지금 사랑 중이구나.

낫을 내려놓고 벌러덩 눕는다. 하늘에 떠 있는 구름이 토끼나 염소로 몸을 바꾸어 사랑을 나누고 있다. 밤이면 저곳에도 반짝반짝 꽃이 피어나리라.

참 좋은 풍경

나는 주저리주저리 어려운 말로 쓰여 있는 여행지 안내판을 읽지 않는 편이다. 읽어서 무슨 보탬이 되는 것도 아니고 내 무지만 거울처럼 들여다보는 꼴일 때가 많기 때문이다. 한글로 써 있는 안내판의 절반도 한자어가 대부분인 것이, 이곳은 깊은 지식과 심미안이 없으면 보나마나라고 겁주는 듯하다. 게다가 나머지 반쪽은 영문으로 써 있으니 안타까울 뿐이다. 외국인을 위한 조그만 안내책자를 만들면 돈도 벌고 자존심도 상하지 않을 것을! 연대기 정도 보는 게 고작이다. 지나간 시간의 두께는 그것만으로도 감동적이기 때문이다. 그러므로 나는 나에게 걸어 들어오는 풍경과 느낌을 천천히 읽고 들이마실 뿐이다. 이런 얇은 여행 중에도 좋은 풍경을 만날 때가 많다.

어느 절이었는지는 기억에 없다. 나는 아름다운 절과 푸른 들판을 차

별을 두어 기억하지 못한다. 감동과 설렘이 있는 곳에 내가 있으면 그게 여행이고 산책이다. 거기에 국보가 있으면 어떻고 보물이 몇 점 감춰져 있으면 뭐하겠는가? 그저 입장료 싸고 약수가 맛있고 자판기 커피가 맹물만 아니라면 나에게는 웬만한 절인 것이다. 풍경 소리와 목탁 소리 없는 절이 있는가? 덤으로 좋은 산자락과 깊은 계곡 물소리까지 곁들여주면 그저 관세음보살일 뿐이다.

절 마당에 들어서니 빗자루가 지나간 결이 아름다웠다. 그런데 너른 마당 한복판에 깨진 기왓장이 소복이 쌓여 있는 게 아닌가.

'치우려면 저 깨진 기왓장도 치울 것이지. 저곳에 몽땅 모아놓은 건 무슨 심보람.'

투덜거리며 대웅전 앞으로 가다보니 소복하게 쌓여 있는 기왓장 안에 개미들이 분주하게 집을 짓고 있다. 땅속에서 근로기준법과 육아출산에 관한 관계법을 개정하고 있는 게 분명했다. 아, 아름다운 사람의 마음과 감동적인 광경이여. 나는 숨이 가빠지는 것을 느꼈다. 그래 이게 금강경이지. 마음속에 사진 한 장 찰칵! 개미집과 그 개미집을 두르고 있는 조그만 담장이 사진의 주인공이 되고 대웅전의 계단 한 칸과 처마 그림자가 배경으로 기웃이 담겼다.

마당 곁엔 대숲이 있었다. 대숲 울타리 안쪽에 선방이 있는 듯했다. 작은 울타리에는 "새들의 산란기이니 조용히 해주시기 바랍니다"라고 쓰여 있다. "정숙"도 아니고 "돌아가시오"도 아니다. 도량이니 어찌어찌 하라는 명령도 거기에는 없었다. 나의 공부 때문이 아니고 어미 새와 솜털 보송보송한 새끼 새 때문이라니 다시금 마음이 두근거린다. 아주 조용하게 내 마음의 필름 속에, 찰칵! 요번에는 대나무의 푸른 이파리와 새소리가 가슴 깊은 곳으로 흘러들었다.

여행에서 이 정도를 얻으면 된다 싶다. 아니 과분하다. 떠나기 전의 설렘이 있었으니 남아도 한참은 남는 것이다. 역사, 문화, 지리 등등의 지식은 방 안에서도 다 찾아볼 수 있다. 그날 개미집이 사람들의 등산화에 짓밟히지 않도록 깨진 기왓장을 쌓아놓고 도량에 들어간 스님들은 대체 무슨 공부를 더 한다는 것인가? 새들의 산란기라서 문도 함부로 열지 못하고 제때에 해우소도 다니지 못했을 텐데 말이다. 목탁 소리나 풍경 소리는 참 좋은 음악이라서, 새들은 그것만으로도 온 숲이 부화장인 양 둥우리 틀고 앉아 알을 품을 것인데, 짧은 봄 내내 등허리 벗겨지는 줄도 모를 텐데 말이다. 아니 이 웬 망발!

가벼운 여행은 즐겁다.

초승달, 물결표, 그믐달

　이 세상에 태어남을 문장부호로 표시하면 여는 괄호 (이다. 내가 태어난 때를 요약하면, 이정록(1964~ 이다. 순서대로라면 이정록이란 이름보다 (가 앞서야 한다. 단순한 이 (는 허공에 걸린 초승달이다. 내가 나에게 힘을 실어주는 한, 세상의 젖을 빨며 실하게 차오를 살아 있는 달이다. 세상의 모든 출생은 그것이 사람이든 동물이든 사물이든 간에 어둠을 배경으로 선연하게 빛을 채워가는 초승달인 것이다. 불운의 먹구름이 초승달을 가린 뒤 영원히 우리의 눈에서 사라져버린다 해도, 세상의 모든 태어남은 어디쯤에서 보름달을 향해 마음을 키워가고 있으리라.

　또한 (는 작은 상처 같기도 하다. 작은 상처로 만든 문인 듯도 싶다. (를 바라보고 있으면 모든 생들이 저마다의 상처를 열고 어딘가로 가는 모습이 보인다. 밤하늘에 작은 달의 싹을 걸어두고, 자신의 빛을 따라 땀

흘리며 가는 것이 보인다.

　세상의 모든 생애들을 압축하면 물결표 ~ 이다. 얼마나 절묘한가! 고해의 밤바다가 여기에 있다. 세상 그 누구도 붙임표의 연속 － － － － － 처럼 살아갈 수는 없다. 어떻게 나타났다 사라졌다를 반복할 수 있겠는가. 또한 줄표 ― 처럼 아무런 기복 없이 마감할 수도 없다. 오르막이 있으면 내리막이 있는 것이다. 내리막에서 괄호를 닫는 것이 모든 생의 일반적인 특징이라 할지라도 ~ 의 끝은 오르막의 극치로 덩굴손이 치솟고 있다. 얼마나 생기에 찬 마감인가. 모든 생애를 해피엔딩으로 마무리하는 아름다운 물결표! 그렇다면 우리들 생애를 통틀어 어디쯤에다 행복의 하한선을 둘까가 문제이다. 가장 밝게 솟아올랐던 보름달마저도 형편없는 밤이었다고 쓴 담배를 씹어 문다면 애초 소용없는 일 아닌가.

　고등학교 2학년 봄에 있었던 일이다. 주말이면 나는 어김없이 외양간을 치워야 했다. 암소 한 마리뿐이었지만 그 녀석이 송아지를 쑥쑥 잘 뽑아주는 덕에 고등학교에 다닐 수 있었으니, 부모님이 시키지 않더라도 알아서 해야 할 즐거운 내 몫의 일이었다. 목련꽃이 환하게 피어 있는 두엄 무지 옆에 어미 소를 내다 묶고 나는 외양간을 치웠다. 쇠똥을 다 치운 뒤에는 우물물을 길어다가 바닥까지 말끔하게 씻어냈다. 짚단을 풀어 새 지푸라기를 깔아주었다. 그러자 지란지실芝蘭之室에 든 것처럼 외양간에서 향기가 풍겨났다.

안마당에는 초등학교에 다니는 동생들의 옷가지가 햇살을 빨아들이고 있었고, 하얀 목련꽃은 너무나도 눈이 부셨다. 남향의 외양간에도 일요일의 햇볕이 가득 스며들고 있었다. 누추함도 이 정도라면 저 암소처럼 선한 눈망울로 살아갈 수 있겠다 싶었다. 되새김질하는 소처럼 어금니 안창으로 힘이 솟아올랐다. 불만 가득하던 집구석이 그때 다시 집안으로 보이기 시작했다. 내 작은 ~ 의 하한선이 그날 그 외양간에서 꼭짓점을 찍은 것이다.

모든 생은 그믐달로 마감된다. 내 괄호) 가 닫히는 날까지, 억만 개의 물결이 넘실넘실 빛나길 꿈꾼다. 파란만장의 이랑마다 옥수수도 심고 고구마도 심으리라.

세상은 외양간보다 더 누추하고 겨울의 두엄 더미보다도 한데에 있다. 하지만 외양간이 있다는 것은 사람의 집이 있다는 것이다. 김이 모락모락 오르는 두엄 더미가 있다는 것은 그를 기다리는 허기진 들녘이 있다는 것이다. 나는 외양간에서 들녘으로 이어진 사람의 길을 믿는다. 젖통이 분 암소의 길을 믿는다.

무논 속에 가라앉은 하늘과 머리 위 하늘이 둥근 괄호를 묶고 있다. 무릎이 채 여물지 않은 어린 송아지가 자꾸 좁은 논두렁을 벗어나 무논에 빠진다. 그게 생이라는 듯, 뒤돌아보지도 않으며 어미 소와 농부가 논둑을 건넌다.

처음은 언제나 처음이다

처음이나 시작한다는 뜻의 한자 가운데 사람들이 가장 많이 접하는 것은 始(시)와 初(초)일 것이다.

시始라는 한자는 갓난아기가 어머니의 젖을 빠는 것부터 삶이 시작된다는 뜻을 갖고 있다. 始라는 글자 속의 女는 어머니이고 口는 아기의 입이다. 그러면 남은 부분은 무엇이겠는가? 그렇다. 아기의 붉은 입술을 향해 퉁퉁 부풀어오른 젖을 그려놓은 것이다. 그러니 시작이란 무엇이겠는가? 세상은 너를 향해 젖을 물려줄 준비가 되어 있으니 어서 빨아먹거라! 엉덩이를 토닥이는 어머니의 손길을 느끼는 것이다. 너를 키울 에너지는 이미 충만해 있으니 힘껏 끌어다가 세상에 다시 베풀어라! 응원하는 어머니의 간절한 눈빛을 읽어내는 것이다. 아기가 젖을 빨지 않으면 어머니는 얼마나 속이 타겠는가? 어머니의 속을 새카맣게 태워야

겠다 작정을 한 불효막심한 녀석이 아니라면 생은 이미 시작부터 젖 먹던 힘을 다해 내 쪽으로 끌어당기는 것이다. 내 안에 힘을 저장하고 싶은 본능이 곧 시작인 것이다.

초初라는 한자는 옷감이라는 뜻의 의衣에 칼이란 뜻의 도刀를 보탠 글자이다. 옷을 만드는 일은 옷감을 재단하는 일부터 시작된다. 옷감의 원료는 하늘로부터 주어지는 것이지만 완성된 옷감은 이미 사람의 손길과 손때를 품고 있다.

그러니 처음이란 아무도 없는 광막한 허공에서 홀로 낙하를 하는 것이 아니라 사람들의 손때와 땀을 바탕으로 삼아 출발하는 것이다. 혼자 가는 게 아니라 함께 가는 것이다. 처음으로 돌아간다는 것은 탄생 이전의 칠흑으로 돌아가는 것이 아니다. 처음 일을 시작했을 때의 순수한 열정으로 돌아가는 것이다. 작은 성취가 가져다준 자만심과 게으름을 떨쳐버리고, 그간의 실패가 던져준 좌절감을 따돌려버리고자 하는 것이다. 완전무결한 옷감에 칼을 들이밀던 두려운 용기로 다시 가고자 하는 것이다. 실패의 과거가 깊은 벼랑 같다 하여도 "자 이제부터 시작이야"라고 단칼을 뽑아 마음의 원단을 도려낼 때, 우리의 가슴은 언제나 새 옷을 입는다. 처음은 언제나 처음이다. 열 번째 사랑일지라도 진정한 사랑은 언제나 첫사랑인 것이다.

하루에도 몇 번씩 우리는 새로이 시작하지 않는가? 갓난아이의 입으로 돌아가서 세상의 젖을 빨아올리는 일과 새로운 옷감을 찾아 숫돌에 칼을 벼리는 일이 지속되는 한, 끝은 없는 것이다.

"이건 아냐. 이렇게 살아서는 안 되지. 그래 새로 시작하는 거야."

이를 악물고 두 주먹을 불끈 쥐는 순간, 세상은 다시 나를 향해 어머니가 되고 추위를 녹여줄 옷감이 된다. 마음속 넝마는 저절로 벗겨지지 않는다.

방학이 시작되면 우리는 어김없이 생활계획표를 짜서 벽에 붙였다. 도화지를 한 장 뜯어낸 뒤, 그 위에 밥사발이나 국그릇을 엎어놓고 둥근 원을 그렸다. 수박을 쪼개듯 촘촘히 가른 다음, 이른 아침에는 방학숙제나 복습이라고 쓰고, 아침밥 뒤에는 뒤떨어진 학과 공부를 쓰고, 얼른 지극한 효심으로 돌아가 엄마 심부름이라 두어 시간 잡아놓고, 점심밥 뒤에는 개미 다리만 하던 형제애가 발동하여 동생과 사이좋게 놀기, 그 다음에 공부, 또 공부. 그러고는 저녁밥, 또 마무리 학습에, 할머니 등 긁어드리기나 부모님 안마해드리기가 오색찬란하게 채워졌을 것이다. 그다음 중국대륙만 한 곳에 쿨쿨쿨이라고 써놓았을 것이다. 계획표를 짜고 나면 얼마나 마음 흐뭇했던가? 학기 때마다, 중간고사, 기말고사, 월례고사, 모의고사 등 각종 시험 때마다, 그리고 형편없는 통지표를 받을 때마다 우리는 밥그릇을 엎어놓고 수박을 한 덩이씩 그렸다.

자신의 계획을 제대로 지키는 사람은 세상에 없다. 몸과 빗나가는 마음 때문에 자신을 다그치고 안타까이 여기는, 수없는 작심삼일의 반성이 사람을 키워간다.

"자, 이제부터 다시 시작이야"라고 자신에게 꿀밤을 먹일 때, 뻔히 삼일도 못 갈 것이라는 불안이 들지라도 새로이 시작하는 것이 세상을 빛나게 한다.

태양이 한 번에 세상을 다 밝힐 수 있다면 매일 아침 떠오르겠는가? 달과 수많은 별들이 제 몸의 크기와 자리를 바꾸며 빛을 뿌려대지만 어둠은 언제나 함께하는 것이다. 계획표 한두 장으로 사람의 한 생애를 밝힐 수 있겠는가? 하지만 무릎 꿇고 계획표를 짜고 그 계획표 뒷면에 밥풀을 으깨어 벽에 붙이는 동안 우리의 정신은 새로워지고, 짐짓 돌아앉았던 행운이 희망의 눈짓을 건네는 것이다. 계획표 뒷면에 딱딱하게 붙어 있던 마른 밥풀이 얼마나 많은 벽지를 물어뜯었던가? 꿈을 잃지 않는 것은 집착이 아니다. 생에 대한 애착이다.

자, 작심삼일을 하자. 사흘에 한 번씩 마음을 고쳐먹자. 사흘에 한 번씩 효자가 되고 불도저가 되자. 사흘에 한 번씩 수박을 그리자. 사흘에 한 번씩 담배를 끊고 라이터와 재떨이를 멀리 내다버리자.

자, 세상의 아름다운 이들이여. 즐거운 마음으로 작심삼일을 하자. 사흘에 한 번씩 작심을 하자. 제일 게으르고 못난 사람은 자신을 돌아보지 않는 사람이고, 그저 그런 사람은 늘 돌아보는 일로 가슴을 치는 사람이고, 가장 부지런하고 훌륭한 사람은 자신을 돌아본 뒤 실천에 옮기는 사람이라고 했다. 사흘에 한 번씩 작심을 한다면 좋은 사람이 아니겠는가?

바람 거세어지면, 나무는 뿌리를 반성한다.

홍수가 나면, 강은 깊이와 넓이를 되짚어본다.

암벽 저 안창까지 삶의 뿌리를 들이밀자.

깊고 넓은 강을 가슴에 품자.

유언도 몇 번씩 새로이 고쳐 쓴다. 일평생을 마무리하는 유언도, 다시 고쳐 말할 수 있는 것이다. 하물며 나는 아직 구만리장천을 날고 있지 않은가?

"자, 다시 작심삼일이다."

날개

날개의 '날'과 날고기의 '날'은 다르다. 그러나 나는 날개의 '날'에서 피 묻은 살코기의 느낌을 받는다. 낫날이나 도끼날의 서슬 푸른 이미지를 느낀다. 피멍의 흔적을 읽는다. 칼날처럼 끊임없이 허공을 저미는 날개만이 하늘을 날 수 있기 때문이다. 하늘엔 수많은 새들이 날갯짓으로 저며놓은 푸른 도마가 있다. 오래 쓴 나무 도마처럼 움푹 파인 하늘 도마가 있다.

새의 날개는 낫처럼 굽어 있다. 칼처럼 등이 있고, 그 등 쪽으로 단단한 뼈를 몰아놓고 있다. 바람과 허공을 끊임없이 칼질하지 않고는 그 어떤 새도 하늘을 날 수 없다. 그 고단한 날갯짓이 칼집에 든 칼날처럼 온순해질 때는 제 둥우리에 깃들 때다. 제 둥우리에 웅크리고 앉아 알을 품을 때다.

우羽라는 글자는 새의 양 날개를 본뜬 한자다. 글자를 가만 살펴보면 양 날개는 수직으로 서 있다. 그렇다. 머리를 하늘로 향하고 솟구칠 때, 드디어 새가 되는 것이다.

습習이란 한자는 본래 우羽와 일日이 합쳐져 만들어진 글자다. 무언가를 익힌다는 것은 알에서 깨어난 어린 새가 매일 한 마디씩 지상을 차고 오르기 위해 날갯짓을 하는 것이다. 매일 하늘을 향해 부단히 깃을 치는 것, 그게 습이다. 그러므로 학습이니 연습이란 말속에는 창공을 훨훨 날겠다는 수직 상승의 의지와 매일 그것을 반복하겠다는 결의가 양 날개를 이뤄야 하는 것이다. 그 결의와 결행이 날개에 날을 세워주는 것이다. 그렇기에 세상 모든 날갯짓에는 날고기의 핏빛 욕망과 창공의 푸른 멍이 아프게 섞여 있다.

화담 서경덕이 어렸을 때 일이다. 어머니가 채마밭에 가서 채소를 뜯어오라 시켰으나, 사흘이나 빈 광주리로 오는 게 아닌가. 게다가 바짓가랑이가 흙투성이가 된 채 어깨를 늘어뜨리고 온 것이다. 사흘이 지난 뒤에 어머니가 그 이유를 물은 즉, 채마밭에서 만난 어린 새가 나날이 한두 마디씩 날아오르는 것을 흉내 내다가 늦었노라 이른다.

나는 이 대목에서 남과 다른 서경덕의 성장기보다, 그의 어머니가 새롭게 보였다. 나라면 어떻게 했을까? 부지깽이를 들고 종아리를 때렸을까.

싹수없는 자식이라고 문밖으로 내쳤을까. 하지만 서경덕의 어머니는 사흘을 기다려주었고 차근차근 그 이유를 물어보았다. 서경덕이 만난 어린 새, 그 부단한 날갯짓이 화담의 학문에 주춧돌이 되었음은 당연한 일이다. 새를 흉내 내느라 바짓가랑이를 다 적셨던 그 채마밭의 이슬 젖은 밭둑이 한국사상사의 큰길이었던 것이다.

십여 년 전의 일이다.

학생회장에 당선된 여학생은 한쪽 다리가 불편했다. 삼월 칠일 월요일, 아침 실외조회. 처음으로 그는 아이들 앞에서 큰 소리로 구령을 붙였다. 얼마나 넓은 운동장인가. 운동장가의 물오른 나무들까지 귀를 바짝 세우고 학생회장만 바라보는, 긴장의 순간! 학생들의 웃음소리가 몽돌밭의 파도 소리처럼 울려 퍼졌다. 새로 부임하신 선생님과 엊그제 입학한 신입생들에게까지 웃음소리가 번져갔다. 구령을 붙이고 뒤로 몸을 돌리는 순간, 불편한 다리 때문에 몸 전체가 기우뚱한 것이다. 웃음이란 이렇게 때때로 쓸데없이 터져나와 상처를 입힌다. 학생회장의 얼굴은 일순, 마른 새똥처럼 초라하게 굳어져버렸다.

'아하! 이게 아닌데.'

얼굴을 수습하는 선생님들. 나도 그때 빙긋이 웃었던가.

그날 밤, 야간 자율학습 감독을 하고 있던 나는 운동장의 어둠 속에서

뱅글뱅글 몸을 돌리고 있는 검은 물체를 보았다. 다리를 다친 검은 새가 하늘로 치솟아오르려고 밤늦게까지 몸부림치고 있었다. 출렁거리는 파도를 잠재우려고 칠흑의 밤바다를 다림질하고 있었던 것이다. 모자란 왼발의 허공을 까치발로 채우고 빙빙 돌던 검은 새, 나는 날개를 가다듬고 검은 하늘로 솟구쳐오를 것 같은 단단한 새를 보았다. 운동장이라는 커다란 둥우리에서 비상을 꿈꾸는, 서늘하고도 장엄한 광경을 목격한 것이다.

그렇다.

날개는 어깨에만 매달려 있는 게 아니다. 날아오르려는 충일한 마음속에, 아직 양수에 젖은 채 실핏줄을 돋우고 있는 것이다. 아무리 높이 날아올라도 착지할 땅바닥을 잊지 말자고, 날카롭게 발톱을 세운 채 말이다.

자, 푸른 하늘을 보아라. 하늘에는 날 좋은 날개들이 피멍으로 다져놓은 푸른 도마가 있다. 부드러운 깃털로 다져놓은 단단한 허공이 있다.

마음의 꽃물

의자와 식탁은 다른 가구보다 목숨이 길다. 그만큼 사람의 체온을 오래 간직하기 때문일 것이다. 낯선 집에 가서도 의자나 밥상의 생채기가 마른 풀처럼 수런대고 있으면 마음이 편안해진다.

아파트란 곳에 이사와보니 색다르게 보이는 것이 많았다. 그중 하나가 시도 때도 없이 외출 나오는 가구들이다. 가구란 것이 식구의 또 다른 이름인데 말이다.

아파트에 사시는 노인들은 버려진 식탁이나 소파로 휴게실을 차려놓고 여름 한철을 나시곤 한다. 보기에 따라선 궁상을 떤다고 할지 모르나 주름진 세월이 갖다준 저 평화가 나는 좋다. 노인들이 약장수나 무슨 재미있는 일로 아파트 밖으로 놀러갈 때면 할머니 할아버지들을 비아냥거리던 젊은것들이 언제 그랬냐는 듯 그곳을 차지해버린다. 냉장고에 깊이 감춰두었던 것들을 들춰보며 오래 수다를 떨기도 한다. 이런 풍경도 사람 사는 아름다움이려니. 누나 같고 아내 같고 처제같이 아름답기만 하다.

오늘 나는 미루고 미뤘던 아파트 잔디밭의 잡초를 뽑기로 한다. 잡초는 없다고 누군가 말했지만, 아파트 화단에는 분명 잡초가 많다. 오래되고 낡은 아파트라서 그런지 풀이 산더미다. 뽑아내는 게 아니라, 경비실 아저씨가 일 년에 두어 차례 예초기로 베어버린다. 땀을 뻘뻘 흘리며 풀을 뽑다보니 부아가 치민다. 젊은 아줌마들이 평상에 앉아 깔깔거리는 꼴이 보기 싫어진다. 좀 전까지만 해도 신선한 풍광으로 비쳤는데 땀과 흙이 범벅되면서 맘이 엉망이 된다.

풀을 뽑아내고 흩어져 있던 봉숭아와 맨드라미와 분꽃을 옮겨 심으니 좋은 화단이 하나 꾸며졌다. 마음이 좋아진다. 아줌마들의 수다 소리가 다시금 즐겁게 들려온다. 낡고 게으른 아파트가 갑자기 덩치 큰 기쁨으로 덮친다.

아파트 일층으로 이사와서
생애 처음으로 화단 하나 만들었는데
간밤에 봉숭아 이파리와 꽃을 죄다 훑어갔다
이건 벌레나 새가 뜯어먹은 게 아니다

인간이다 분명 꽃피고 물오르기 기다린 노처녀다

봉숭아 꼬투리처럼 눈꺼풀 치켜뜨고

지나는 여자들의 손을 훔쳐보는데

할머니 한 분 반갑게 인사한다

총각 덕분에 삼십 년 만에 꽃물 들였네

두 손을 활짝 흔들어 보인다

손끝마다 눈부신 고치들

나도 따라 환하게 웃으며 막 부화한

팔순의 나비에게 수컷으로 다가가는데

손가락 끝부터 수의를 짜기 시작한 백발이

봉숭아 꽃 으깨어 목 축이고 있다

아직은 풀어지지도 더 짜지도 마라

광목 실이 매듭으로 묶여 있다

- 졸시 〈꽃물 고치〉 전문

보잘것없는 화단 하나 만들고 시 한 편 건질 수 있다면 이 얼마나 횡재
인가. 나에게 시는 번번이 보너스다. 출렁거리는 작은 감정들이 시의 씨
가 되었다가 삶의 변죽도 툭 건드려보는 것이다.

잡초 무성한 아파트가 아니라면 어찌 이 시가 세상에 나왔을까. 어찌

막 부화한 팔순의 처녀성을 만날 것이며, 탄생과 한 끈으로 이어진 수의의 솔기를 건드려볼 수 있겠는가. 온 세상이 저 수의를 묶은 광목 실의 실마리에서 시작됨을. 그리하여 세상에 존재하는 모든 설렘의 크기가 바로 우주의 크기이며, 신의 숨소리가 미치는 넓이라는 것을.

뙤약볕에 나온 풀뿌리가 시 한 구절을 주고 갔다. 꽃물 드는 삶의 이치를 베껴 쓰라고 한다.

내 시가, 내 마음의 집에서 나온 생채기 많은 평상이나 의자가 될 수만 있다면 얼마나 좋으랴. 번번이 못 미치는 나의 받아쓰기여.

3

시 줍는 사람

• 이 장의 〈쓴다는 것〉부터 〈언 우물을 깨는 도끼질 같은 것〉까지는 젊은 시인에게 보내는 편지글을 모았습니다.

이야기 있는 곳으로 내 귀가 간다

1.

"걸물이네! 시인 맞아? 소설 써. 소설!"

《장길산》의 작가께서 장르 우위론을 펼쳤다. 겨울 가야산의 깊은 밤이었다.

"으이구, 저 물건! 이제부터 소설 쓰쇼. 소설 쓰실 때에도 시처럼 재밌게 써요!"

대천해수욕장에서 명천 이문구 선생님께서 일침을 놓았다. 따개비처럼 악다문, 선생님의 목소리와 눈빛!

"단편소설 세 편만 써봐!"

소설가 한창훈도 술잔 옆에, 그 무슨 애첩이라고, 이 말을 겸상시키곤 했다.

무식하면 용기가 만 배나 커져서 만용이 된다.

"시 속에 소설을 뭉뚱그려 품어보겠습니다."

그 가르침과 훈수를 지킬 길 없어서, 눈 가리고 야옹! 시집 제목을 《구라》가 아닌 《정말》이라고 못질한다. 간장 종지에 파리 한 마리 허우적거리고 있다. 도처에 내가 있구나. 어찌 그에게 주유천하를 물을 것인가?

2.

쓰는 게 아니라
받아 모시는 거다.
시는, 온몸으로 줍는 거다.

그 마음 하나로
감나무 밑을 서성거렸다.
손가락질은 하지 않았다.
바닥을 친 땡감의 상처, 그 진물에 펜을 찍었다.
홍시 너머 푸른 하늘을 우러러보았다.

사랑의 주소는 자주 바뀌었으나,

사랑의 본적은 늘 같은 자리였다.

3.

　책이 나오면 곁에 두고는 시도 때도 없이 읽는다. 하루에 한 번은 읽어
준다. 내가 먼저 애독자가 되어 한 달쯤 데리고 논다. 질리지 않길 바란
다. 내 스스로 꼴도 보기 싫다면 누가 읽겠는가? 그런데 요번은 달랐다.
며칠 지나지 않아 시집 읽기가 시무룩해졌다.

　'그간 많이도 우려먹었구나.'

　내 두 눈이 텅 빈 곳간에 갇혀 있었다. 비루 먹은 개가 제집 어둠 속에
쌓아둔 뼈다귀 같았다. 그동안 너무 놀았다. 술집과 노래방에서 비틀거
리다가 새벽을 놓쳤다. 해가 뜨질 않았다. 얼이 빠진 시구屍軀였다. 사람
공부를 게으르게 한 결과였다. 아, 나는 다시 저잣거리로 가야 한다, 입
술을 씹었다. 다음 시집을 내려면 족히 십년공부를 해야겠구나, 싶었다.
그래서 다시 첫 시집부터 여섯 권을 쌓아놓고 내리읽었다. 읽고 또 읽어
도 여전히 내가 건진 건 다섯 문장뿐이었다. 두어 문장쯤 더 낳으면 내
시의 일생은 끝이 나리라.

　"마을이 가까울수록 나무는 흠집이 많다."

　"구름이 아름다운 건 폐허를 꿈꾸기 때문이다."

　"달은 윙크 한 번 하는 데 한 달이나 걸린다."

"내 棺으로 쓰일 나무가 어딘가에서 하늘을 보고 있다."

"혈서는 마침표부터 찍는다."

근데, 문장은 뭐하려고 낳나? 이 글귀들도 구름처럼 사라지리라.

4.

행상 트럭이 왔다.

"화장지가 왔어요. 공장도 가격으로 왔어요. 부드러운 엠보싱으로 아랫도리 잘 쓰다듬고 착하게 삽시다. 안에서나 밖에서나 잘 쓰다듬어야 관계가 좋아집니다."

십수 년 전, 목요일 오후마다 들은 이야기다. 쓰다듬는 손길이 세상을 키운다. 위대한 진리다. 나는 〈관계〉라는 시를 써서 시집에 담았다. 곳곳에 말씀이시다. 모든 경經의 저자著者는 저자다. 저잣거리다. 하지만 마음만 한 저잣거리가 어디 있겠는가. 세상은 젖은 벼루요, 마음은 마른 붓이라.

5.

천안 원성동으로 근무처가 바뀌었다. 원 도심지에 있는 학교라서 행상 트럭의 마이크 소리가 하루에 한 번은 지나간다. 가히 예술이다. 오늘은 어떤 맛난 이야기가 나올까? 트럭이 오면 잠시 수업을 멈추고 엿듣는다.

이제 아이들이 따라 외친다.

"새벽 일찍 동해 앞바다에서 건져 올린 생태가 얼음을 뒤집어쓰고 눈망울을 껌뻑껌뻑! 해 뜨기 전에 논산 비닐하우스에서 따온 딸기에 이슬방울이 초롱초롱! 어서 나오셔서 추위 떠는 동태 데려가세요. 집 떠나온 딸기가 서럽다고 훌쩍입니다. 빨리 데려가서 토닥여주세요."

6.

감나무 밑 평상에서 놀던 닭들이 할머니들에게 자리를 양보한다. 슈퍼옆 플라스틱 의자에 앉아 대화를 엿듣는다. 가는귀를 먹고 치매까지 잡수신 두 분은 불통으로 한나절씩 말씀을 나누신다. 무슨 얘기를 해도 한쪽은 다 알아듣고 한쪽은 답답하다. 그래도 매일 만난다. 늘 웃으신다. 틀니 말고는 다 나누신다. 지나온 생의 응달까지 되짚어가서는 남은 생의 양달을 도란도란 나눠 갖는다.

"작은 며느리가 왔어."

"우리 집도 쥐며느리 많아."

한동안 감나무만 바라보는 은비녀 할머니, 도대체 다음 얘기로 넘어가질 못한다. 복장이 터져 땡감 두어 개가 바닥을 친다.

"늙으면 죽어야 혀."

"그려, 늙으면 죽이 좋아."

옥반지 할머니가 일부러 그러는 것은 아니건만, 듣는 나도 안타깝다. 은비녀 할머니가 갈퀴손으로 곶감 같은 가슴을 친다. 매미도 울음을 멈춘다. 시집올 때 열 살 남짓이었던 감나무, 삼 년 내리 해거리다. 그나마 태풍에 남은 땡감을 다 내려놓았다.

"홍시 볼 일 없겠어."

"홍볼 생각 없어."

처음에는 입이었다가, 그 다음엔 귀였다가, 이제는 텅 빈 가슴이 된 동갑내기 감나무. 진물 솔아 붙은 땡감의 눈자위. 평상 끝자리에 닭똥 같은 보청기 하나. 감나무 이파리가 옥반지 할머니의 부처귀를 반짝반짝 내려다본다.

7.

오늘은 새로운 행상 트럭이 왔다. 억양이 색다르다. 무엇을 파는지 알아맞혀야 한다. 시작 노트에 고스란히 받아 모신다. 가슴이 쿵쾅거린다. 저 펄떡이는 언어의 생기발랄함이여.

"등때기 배때기에

이불 요 깔고 덮고!

소족이 팔, 대족이 둘!

두 눈은 중천에 초롱초롱!

좌로 우로, 왔다리 갔다리!

주둥이에 거품을 북적북적!"

올해는 꽃게가 대풍이라더니, 이 가난한 동네까지 어기적어기적 상륙하셨구나.

8.

꽃 중에 가장 예쁜 꽃이 무얼까? '사람이 꽃보다 아름답다' 라는 말을 보면, 당연히 이야기꽃이 으뜸 꽃이겠다. 시詩에 이야기꽃을 피우고 싶었다. 감동을 준 평론 중에 최두석 시인의 〈이야기시론〉이 있다. 내가 막 시에 입문해 눈 비비고 있을 때 백석, 이용악의 복사판 시집들과 김용택, 고재종, 곽재구 시인의 빛나는 이야기 시들이 병풍을 두르고 있었다. 나도 그 대열에 끼고 싶었다. 재미와 감동이 넘치는 시를 품고 싶었다. 이야기꽃은 겨울에 주로 피었다. 먼 데가 아니라 우리 집 안방에서.

우리 동네는 대마(삼)를 키우는 동네였다. 여름이면 무성하게 자란 삼 때문에 지붕만 보였다. 삼베가 나오기까지는 고단한 일거리가 많았다. 특히 여인네들 무릎이 성할 날 없었다. 드럼통에 비닐을 씌우고 삼을 쪄내서 냇물에 식힌 뒤 껍질을 벗길 때까지는 남자들이 거들었지만, 실을 잣고 삼베를 짜는 일은 아낙들의 몫이었다. 가을걷이가 끝나면 두런두런 방 안 가득 모여 앉아 삼톱으로 문지르고 앞니로 다듬어 실을 잣는데, 그 방에는 늘 고구마와 동치미와 막걸리가 넘쳐났다. 그리고 빠질 수 없는 한 가지! 음담패설과 바지게만 한 함박웃음이었다. 삼 품앗이가 있는 날이면 나는 옆방에 배 깔고 누워 종일 키득거리며 방학 숙제를 했다.

"옆방에 애가 공부하는디."

"그놈은 낭중에 구녕 나들이 안 하남? 우리가 뭔 돈이 있다구 조기교육 시키겄어? 이럴 때 귀동냥으로 배워둬야지."

"그려, 조기교육은 꽁치한테 맽기자구."

자꾸 듣다보니 우리 동네 어르신들의 거시기 크기며, 색깔이며, 애정 관계망이며, 체위까지도 다 꿰게 되었는데, 하나 알 수 없는 건 아버지였다. 어머니는 끝내 아버지에 대한 야설을 발설치 않으셨다.

9.

"방 안 삼천리!"

동네 아주머니들에 비하면 갓난아이인 내가 배냇니를 갈려고 잇몸이 가려워 혀를 날름거리는 요즈음, 아주머니들은 거의 돌아가시고 남은 분들도 가는귀를 먹고 틀니뿐이시니, 그 많은 이야기들을 다시 더듬어 낼 일이 아득하다.

무덤들은 입이 간지러워서 저리도 불룩하려니.

절을 올리는 등짝 또한 이야기보따리처럼 둥그나니.

이야기 있는 곳으로 내 귀가 간다.

귓구멍이 어두운 것은, 눈코 문드러진 이런저런 얘기들을 깜깜하게 잘 버무리란 뜻이 아니겠는가.

쓴다는 것

나는 '왕년 빵모자'를 싫어합니다.

어찌어찌 쉽게 등단해서 시인이라는 작은 닭 벼슬 하나를 얻었으되, 시는 쓰지 않고 그럴싸한 빵모자만 얹고 다니는 부류들. 그런 반 푼 시인들의 말이란 "왕년에 내가 말이야⋯⋯"로 시작되는 허풍의 추억담이 대부분일 뿐이지요. 자신의 마음 안창에 현재의 튼튼한 주춧돌이 없기 때문입니다. 그렇다면 그들의 왕년은 피땀으로 얼룩진 새벽정신이었을까요? 찬찬히 이야기를 듣다보면, 그의 왕년이란 것은 촌닭 서너 마리만 올라도 금세 허물어질 삭은 횃대에 지나지 않습니다. 내놓을 만한 시도 시집도 변변찮아서 자신의 빈약한 문학을 왕년 빵모자로 대신하는 것입니다. 시인은 시로 말하고, 소설가는 소설로 말합니다. 시인이 시를 쓰지 않는다면 어찌 시인이겠습니까? 단지 모자가게의 마네킹에 불과할 뿐이지요.

간혹 쓸 것이 없어서 못 쓰겠다고 하소연하는 사람들이 있습니다. 나는 그에게 간곡하게 말합니다. 지금 전화하는 곳에서 손에 잡힐 듯 가까이 있는 것을 말해보라고 합니다. 그걸 쓰라고 합니다. 곁에 있는 것부터 마음속에 데리고 살라 합니다. 단언컨대, 좋은 시는 자신의 울타리 문지방 너머에 있지 않습니다. 문지방에 켜켜이 쌓인 식구들의 손때와 그 손때에 가려진 나이테며 옹이를 읽지 못한다면 어찌 문밖 사람들의 애환과 세상의 한숨을 그려낼 수 있겠는지요.

시인이란 모름지기 그때그때 데리고 사는 어떤 생각이 있어야 합니다. 시정신이나 시대정신을 말하는 게 아닙니다. 시상을 말하는 것입니다. 좋은 시의 씨앗이 싹을 틔우면, 그 시상의 뿌리와 오래도록 놀아야 합니다. 전광석화처럼 치고 들어온 시상을 쓰다듬으며 오래 데리고 살면, 시는 물렁뼈를 억세게 세우고 비곗덩어리에서 기름을 빼내는 것입니다. 어느 때는 버드나무의 상처로 살고, 어느 때는 짜장면 그릇을 덮고 있는 오후 세시의 신문지로 살아가야 하는 것이지요. 그리하여, 내 시에 모셔둘 그 무엇들과 십 년 이십 년을 동고동락하는 것이지요. 수많은 동거를 하는 것이지요. 어디 시뿐만 그렇겠습니까? 무릇 예술가는 수도 없이 동거를 일삼는 바람둥이인 것입니다.

또한 자신의 목소리를 가져야 합니다. 백석에겐 백석의 언어가 있고 소월에겐 소월의 가락이 있지요. 나팔꽃이 올해엔 기필코 해바라기꽃을 피울 것이라고 마음 다잡는다고 가능한 일이겠습니까. 나팔꽃이란 이름을 갖고 있으므로 잠들어 있는 세상의 미명 위에 굵은 나팔 소리를 낼 것이라고 호들갑을 떤다고 그게 이루어질 일입니까. 자신의 시가 나팔 소리로 끽끽거리거나 해바라기로 고개가 꺾이지 않도록 마음 다독여야지요. 나팔꽃은 산골 처마 밑에서도 덩굴을 올리고 도심 한복판 가로등을 타고도 오릅니다. 먹는 이슬이 다르고 내다보는 세상이 다르고 끌어올리는 목마름이 다르므로 남과 자신이 다른 것이지요. 아, 나팔꽃은 오늘에도 있지만 삼십 년 전 생솔 연기 매캐한 부엌 뒷문 밖에도 있었고 남한강 자락이나 지리산 낮은 골짜기에도 있을 것이므로 시 속에 가라앉아 있는 시간과 넓이와 들끓음이 다 다릅니다. 자신의 나팔꽃을 들여다보고 내다보고 훑어보고 째려보아야 하지요. 자신의 눈초리가 박히는 곳에 시의 싹눈이 오롯이 자신을 기다리고 있음을 잊지 말아야지요.

음보音步라는 말이 있지요. 소리가 걸음마를 뗄 때까지 퇴고를 많이 하십시오. 시가 펜을 놓을 때까지 고치십시오. 시가 나를 풀어줄 때가 되면 시는 드디어 자신의 맨발을 땅에 딛고 사람들 속으로 걸음마를 떼지요. 음보는 시인의 산보가 아니라, 시의 걸음마지요.

시상詩想이란 것도 운명이 있어서, 저 무한천공의 어둠 속에서 억만 겁을 떠돌다가 한 시인의 가슴을 겨누고 들이닥치는 것이지요. 그러니 어찌 왕년 빵모자에게 깃들겠는지요? 억만 겁을 떠돌던 단 하나뿐인 생각이라면, 자신의 방에 알전구를 밝혀줄 시인에게 깃들지 않겠는지요? 그러니 좋은 시상 하나가, 떡하니 쳐들어왔다면 어떻게 모셔야 하겠는지요? 그와 눈 딱 감고 살림을 차려야겠습니다. 출산할 때까지 같은 주소에서 살아야겠습니다. 처음에는 끙끙 데리고 놀다가, 나중에는 시상이란 녀석이 나를 데리고 놀도록 몸과 마음을 내맡겨야지요.

다시 태어난다는 것

논두렁에서 참을 먹을 때였습니다.

개미 한 마리가 길을 가고 있었습니다. 무심결에 빈 밥그릇을 엎어 개미를 가뒀습니다. 밥그릇 천장에 붙은 하얀 밥풀을 별이나 초승달쯤으로 알고, 둥근 밤하늘을 기어오를지도 모른다 생각하니 꽤 낭만적인 무대를 꾸며주었구나, 하는 생각이 들었습니다. 때마침 미루나무 여린 이파리들이 햇살에 반짝이고 있었습니다. 마음 같아서는 저 푸른 하늘에 올라 어석어석 흰 구름 베어 먹으며 동요도 한 곡 불러 젖히고 싶었습니다.

모를 다 심고 나와, 엎어져 있던 밤하늘을 뒤집었습니다. 한동안 어리둥절하던 개미가 제 갈 길을 찾아 천천히 사라졌습니다. 공포에 시달렸음이 분명한데도 줄행랑은 아니었습니다.

저 작자가 시인이구나. 별이 뜨니 별을 먹고 길이 풀리니 길을 떠나는구나. 까짓, 몇 번의 발길질이면 밥사발 밑을 파고 제 갈 길로 떠나갔으련만, 내 마음을 훤히 읽고 낮잠까지 한숨 잤구나.

나는 내 길을 돌아보았습니다.

별을 따서 이죽이죽 시를 짓이기고 있지는 않은가? 몇 개 마른 밥풀로 허기나 때우고 있지는 않은가? 먼발치에 서서 아, 저게 밥이 될 수 있다면! 아, 저게 시가 될 수 있다면! 헛되이 바라보고만 있지 않은가? 나를 가둔 칠흑의 밤하늘을 뒤엎고 눈부신 햇살 쪽으로 나아가고 있는가? 푸른 들판과 벼 포기의 춤사위에 땀방울 뿌리며 저벅저벅 들녘으로 나아가고 있는가? 지게를 지고 집으로 향하며 스무 살의 설익은 시인 하나가 밤하늘을 보고 있었습니다. 저 무수한 글자와 저 어마어마한 개구리들의 울음소리, 그 한 귀퉁이에 내 시를 놓으리라.

밤하늘은 파스처럼 구멍 숭숭한 아픔을 품고 있지.

개구리 울음엔 수천 년을 밟아온 이 땅의 발걸음 소리가 들끓고 있지. 장하고도 엄한 이 땅 한 귀퉁이에 올챙이가 되리라. 청개구리가 되리라.

밥풀 빛 훤한 별이 되리라.

마음 다잡으며 솔숲을 넘어오던 스무 살의 시인이 있었습니다.

집에 돌아오니 병든 아버지는 문지방을 베고 주무시고, 어머니는 다시 저녁 찬거리를 뜯으러 텃밭에 나가셨습니다. 그때 거대한 밥그릇 하나가 찬 이마를 빛내며 온 동네를 덮고 있었습니다.

수많은 밥풀과, 신신파스의 물방울과, 아픈 개구리 소리!

쿵, 아버지가 돌아눕자 보충학습 문제지처럼 밤하늘이 출렁거렸습니다. 커다란 개미 한 마리가 내 머릿속에 들어와, 스무 살의 시인을 일깨우고 있었습니다. 그 벅찬 아픔을 말로 옮길 수가 없어서, 열이 나고 시름시름 몸살감기가 덮쳐왔습니다.

아침이 밝자, 물을 끓여 어머니가 씨암탉을 삶았습니다. 마당 가운데 왕겨 풍로에서 푸른 연기가 솟았습니다. 저 풍로가 놓인 그을린 황토 마당이 오랫동안 내 마음을 어루만질 것입니다.

빈 닭장 안에는 적 떨어진 밥사발 하나가 나를 바라보고 있었습니다. 스무 살의 어린 시인 하나가 모이 그릇에 맺힌 젖은 물기를 훔치고 있었습니다.

다듬는다는 것

　오늘은 시를 다듬는다는 것에 대하여 씁니다.

　퇴고推敲라는 말을 새겨보면 글을 다듬는 것의 깊은 뜻을 헤아릴 수 있죠. 퇴推는 밀다라는 뜻이고, 고敲는 두드린다는 뜻의 한자지요. 퇴고란 시문詩文을 지을 때 자구字句를 여러 번 생각하여 고치는 것을 이르는 말입니다.

　당나라 때의 시인 가도賈島(자는 낭선浪仙, 777~841)가 어느 날, 말을 타고 가면서 〈이응의 유거에 부침〔題李凝幽居〕〉이라는 시를 짓기 시작했습니다.

　　이웃이 적어 한가로이 살고　　　　　閑居少隣竝
　　풀숲 오솔길은 황원으로 드네　　　　草徑入荒園

새는 연못가 나무에 잠자리를 잡고   鳥宿池邊樹

스님은 달빛 아래 문을 두드리네   僧敲月下門

〔하략〕

그런데 마지막 구절의 '스님은 달빛 아래 문을……'에서 '민다〔推〕'라고 하는 것이 좋을지, '두드린다〔敲〕'로 해야 좋을지, 여기서 그만 딱 멈추어버렸습니다. '퇴'와 '고', 두 글자만 정신없이 되뇌며 가던 그는 그만 말을 탄 채로 고관의 행차와 부딪치고 말았죠.

"무례한 놈, 무엇하는 놈이냐?"

"당장 말에서 내려오지 못할까!"

"이 행차가 뉘 행찬 줄 알기나 하느냐?"

네댓 명의 병졸들이 저마다 한마디씩 내뱉으며 가도를 말에서 끌어내려 행차의 주인공인 고관 앞으로 끌고 갔죠. 그 고관은 당대唐代의 대문장가인 한유韓愈로, 당시 그의 벼슬은 경조윤(京兆尹, 도읍을 다스리는 으뜸 벼슬)이었죠.

한유 앞에 끌려온 가도는 먼저 길을 비키지 못한 까닭을 솔직히 말하고 사죄했죠. 한유는 노여워하는 기색도 없이 잠시 생각하더니 이렇게 말했지요.

"내 생각엔 '퇴'보다는 '고'가 좋겠네."

이 사건을 계기로 가도와 한유는 둘도 없는 시우詩友가 되었고, 스님이었던 가도는 환속還俗까지 하게 되었다고 합니다.

퇴고란 좁게는 맞춤법에 맞게 어휘와 어구를 고치고 적절하게 문장을 가다듬는 것이지만, 크게는 작가의 의도를 정확하게 표현하고 독자에게 바르게 전달하려는 것이지요. 즉 시원한 소통을 지나 출렁이는 감흥까지 한통속이 되게 해주는 겁니다.

시의 퇴고 과정에서 중요한 것은 시어 한두 개를 바꿔도 시 전체의 미적 감흥이 확연히 달라진다는 거예요. 좋은 시는 단번에 독자의 미적 감흥을 자극하는 스위치를 갖고 있지요. 시를 퇴고할 때 중요한 것은 이 스위치를 알맞은 장소에 적정한 높이로 장치하는 일이지요. 시의 방 한 칸이 환해지는 것은 방 어딘가에 스위치와 전구가 있기 때문입니다. 벽지만 아름다워도 시 전체가 화사해지겠지만, 순간적으로 독자의 내면을 확 뒤집어놓는 미적 충격을 주지는 못하니까요. 이것을 나는 '스위치론'이라고 말합니다. 어둡고 어수선한 초고草稿의 방 내부에 스위치를 달고 전구를 갈아 끼우는 일이 넓은 의미의 퇴고인 것이지요.

그러면 당대 최고의 문장가 한유는, 왜 '퇴'보다 '고'로 바꾸는 것이 낫겠다고 했을까요?

'민다'라고 쓸 때에는 바랑을 멘 스님이 날이 저물자 자신의 암자로 돌아온 것이지요. 그러니 그저 밀고 들어가면 될 뿐입니다. 문 여는 소리야 나겠지만 조용히 자신의 방에 들어가 짧은 독경을 마치고 잠자리에 들면서 시의 문이 닫히고 말지요. 탁발과 고행이 끝난 거죠. 시 속에 그려지는 풍경의 역동성이 당연 작아집니다.

하지만 '두드린다'로 바꾸면 늦은 밤 스님은 외딴 집이나 낯모르는 암자를 찾은 게 되죠. 고행의 복판에 스님이 있는 겁니다. 기약할 수 없는 내일의 낯선 길이 있죠. 문을 두드리는 소리와 신발을 끌고 나오는 동자승의 목소리로, 설핏 잠에 들었던 연못가의 새들도 잠자리를 고쳐 앉을 것이고요. 또한 산짐승들도 몇 번의 울음소리를 내며 자신의 영역을 확인하려 하겠죠. 의심이 많은 작은 새들은 자리를 차고 올라 달빛을 가르며 날아갈지도 모르고요. 문을 열어주려고 동자승이 눈을 비비며 나올 게고, 합장하는 작은 손에도 달빛이 어리겠죠. 탑을 돌아 계단을 올라가는 스님과 동자승의 발등도 보일 터이죠. 큰스님에게 조용히 여쭙는 동자승의 목소리가 있을 게고, 그 다음엔 찻물을 따르는 그림자가 암자의 단조로운 문살에 비칠 테죠.

글자 하나가 바뀌면서 시 속의 그림이 영화필름 돌아가듯 바뀌고 암자를 둘러싼 공간 전체가 입체적인 소리 통으로 바뀌는 게 떠오르죠? 그리고 스님에게는 탁발의 고행 길을 선물하게 되었네요.

퇴고는 이런 것이어야 합니다. 시의 혈관을 풀어주고 독자의 자유로운 상상을 자극하는 퇴고가 되어야 하죠. 독자의 상상력에 건전지를 끼워

주고 태엽을 감아주는 퇴고가 되어야만 하죠. 그래야만 시정신이며 시인의 통찰력이 독자에게로 건너갈 수 있으며, 새로운 연대의 힘이나 감동의 파장까지 불러일으킬 수 있을 테니까 말이에요.

시의 방에 벽지를 바르고 원앙금침을 깔아놓고 문 가까운 곳에 스위치를 달고 밝은 알전구를 끼워놓아요. 그러면 독자들도 방에 들어와 동침하겠지요.

문은 잠그지 말아요. 지그시 봄바람도 들어오게요.

품고 산다는 것

질 마른
핏빛 고추를 다듬는다
햇살을 치고 오를 것 같은 물고기에게서
반나절 넘게 꼭지를 떼어내다 보니
반듯한 꼭지가 없다, 몽땅
구부러져 있다

해바라기의 올곧은 열정이
해바라기의 목을 휘게 한다
그렇다, 고추도 햇살 쪽으로
몸을 디밀어 올린 것이다

그 끝없는 깡다구가 고추를 붉게 익힌 것이다
구부러지는 힘으로 고추는 죽어서도 맵다

물고기가 휘어지는 것은
물살을 치고 오르기 때문이다
그래, 이제, 말하겠다
내 마음의 꼭지가, 너를 향해
잘못 박힌 못처럼
굽어버렸다

자, 가자!

굽은 못도
고추 꼭지도
솟구치는 물고기의 등뼈를 닮았다

– 졸시 〈구부러진다는 것〉 전문

　나는 타고난 글쟁이가 아니라서 청탁서를 받으면 마음부터 불편해집니다. 발표할 만한 시가 없으면 청탁을 아예 받지 않거나 기약 없이 미루어버리지요. 아둔하기 때문이려니와, 시의 질을 관리하는 내 나름의 방법이기도 하지요. 산문 청탁서는 시 청탁서보다 더 마음이 무겁지요. 내 시 한 편을 골라 어떤 이야기라도 해달라는 편지를 받고도 많이 고민합니다. 내가 쓴 시에 대해 시시콜콜 이야기하는 일은 낯간지럽고 계면쩍은 일이 아닐 수 없지요.

온 힘을 다해 글이란 것을 세상에 내놓으면 작가의 몫은 끝나는 것이지요. 글 때문에 끌려가서 고문받거나 상을 타는 일 아니라면 그저 묵묵부답 잊는 게 좋죠. 꼬리를 감추고 사라지면, 사라진 서산마루를 바라보면 될 뿐이죠. 글쟁이란 한 편 한 편의 글들이 사라져버리는 그 어둠마저 즐길 수 있어야지요.

그리하여, 〈구부러진다는 것〉에 대해서는 아주 조금만 얘기하겠습니다.

무엇인가 남들보다 잘할 수 있다는 것은 그 무엇인가와 함께한다는 거죠. 함께 논다는 것이고 데리고 산다는 거죠. 축구를 좋아하는 친구는 축구공을 머리맡에 놓고 축구에 관한 잡지를 책가방 속에 넣고 다니지요. 'ㄷ'자만 보아도 세워서 골문으로 삼고 싶을 테죠. 우리들이 하는 막말 가운데에 '뭐 눈에는 뭐만 보인다'는 말이 있잖아요. 그러니 시를 쓰려면 자신이 쓰려는 시상이나 글감을 오래도록 굴리며 품고 살아야 하겠죠. 그가 나를 버리지 않는 한 내가 먼저 떠나거나 포기하면 안 됩니다.

시를 쓰는 일은 광활한 평원에서 눈초리를 빛내는 사자와 닮은 구석이 있어요. 요놈이다 싶으면 천천히 다가가서 목덜미를 콱 물어버리는 거죠. 대상이 숨을 놓을 때까지, 그 대상이 내 어금니에서 서서히 자신을 놓을 때까지 짐짓 먼 산도 바라보며 기다려야 하죠. 먹잇감을 물고 지평선 마른 풀숲 너머 노을을 바라보는 굶주린 맹수의 눈이, 원고지 칸칸마다 서려 있죠.

부동산 투기를 하는 사람에게서 이런 말을 들은 적이 있습니다.

"땅하고 나무는 소리 없이 크는 거야."

나는 그 말을 듣고 망치로 한 대 얻어맞은 것 같았죠. 저 사람이 투기꾼인 것은 비판받아야 마땅한 것이나, 참으로 옳은 '말씀'이란 생각이 엄습한 거예요. 작가란 진술을 넘어서는 창작을 해야 하거니와, 소리 없이 크는 엄중한 시간을 기다려야지요.

좋은 나무가 서 있는 곳이 명당인 것이죠. 시의 씨앗이 내 가슴에 떨어지는 순간, 나는 천하 명당의 비옥한 땅이 되는 것입니다. 전력투구가 없다면 어떤 나무가 천수를 누리는 아름드리나무가 될 수 있겠어요. 좋은 나무는 스스로 꽃의 수를 조절하고 웃자란 가지를 내려놓잖아요.

품고 산다는 것은, 나무 한 그루가 수천의 나뭇잎과 새소리와 둥우리와 몇 겹의 그늘을 껴안고 산다는 것입니다. 땅의 두께를 재보려는 뿌리의 싱싱함이 서려 있죠. '데리고 산다는 것'은 '품고 산다는 것'입니다. 시인은 우주의 아주 잡스럽고 비밀스런 곳까지 다가가서 살림을 차리는 연애주의자이자 바람둥이죠.

〈구부러진다는 것〉에는 내가 삼 개월 동안 동거를 한 고추 꼭지가 웅크리고 있습니다. 그의 벗인 해바라기의 모가지와 물고기의 등뼈가 한집에 세 들고 있죠. 처음에는 고추 꼭지만 살았으나 어느 날 해바라기가 담으로 서고 물고기가 치고 올라와 셋방을 들였죠. 한집 안에 별채나 사랑방을 몇 개 들이는 것은 집주인과 목수의 가늠이자 품일 겁니다.

설렘과 그늘 사이에서 사는 것

제가 먼저 길에 들었군요. 끝없는 수렁의 길. 펜촉으로 불 밝히며 어둠 속을 가야 하는, 허방의 길 말이에요. 두 발에는 보습을 박고 한평생 수렁논을 갈아야겠지요. 그러니까 '깊은 밤 수렁논 갈아엎기' 라는 시인의 업장業障을 갖게 된 거네요. 촛불은 후! 꺼버리면 되고 보습은 떼어내면 그만이겠지만, 촛대며 보습 날이 오랜 습작기간 중에 녹이 슬어 엉겨 붙었네요.

아무렴. 가야지요. 갈아야지요.

막 등단을 하고 품앗이를 시작한 그대는, 지금 봄 들판에 초록 촛불을 당긴 거지요. 몇 차례 쭉정이를 수확해본 저로서는 이 편지글에 제 소소한 몇 가지 이야기를 하려 해요.

저는 대학 때 한문교육을 전공했지요. 사실 좋은 선생님들이 계셨기에 한문 공부에 마음을 적실 수도 있었지요. 그런데 제 귀와 촉수는 온통 시에 기울어 있었어요. 다행인 것은 대학 3학년 때 한시를 접할 수 있었던 겁니다. 그래서 지금도 시 공부를 함께 하는 사람들에게 한시漢詩와 노자老子를 한번 맛보라고 하지요(저는 노자를 시라고 생각해요). 저도 맛만 조금 봤지, 씹어 소화시키지는 못했거든요. 저는 좋은 것은 후딱 잊어버려야 된다고 생각해요. 섣부른 육화肉化에는, 모방이나 답습이 도사리고 있으니까요. 이런 생각이 급물살에 쓸려가는 모래처럼 정처 없는 공부를 만들지라도, 저는 시 쓰는 사람의 독서라는 게 거들먹거림이 있어야 한다고 생각합니다. 떨어져 나가려고 들러붙는 도깨비바늘처럼 말이지요.

이 이야기는 이만하고 시를 발표하는 제 나름의 규칙을 말할게요. 저는 지면에 발표할 만한 시가 있어야만 청탁을 받아요. "앞으로 원고 마감이 두 달 남았으니까, 천천히 쓰세요"라는 유혹에 넘어가지 말아야 됩니다. 청탁자의 설득보다는 '두 달 안에 명시를 쓰자' 하고 내 마음에서 일어나는 유혹을 더 경계해야지요. '이러다가 독자들에게 잊히는 것 아냐?' 하고 수선을 떨 때, 시와 시인은 누추한 나락으로 떨어지는 게 아닐까요? 작가는 늘 최고작으로 자신을 과대평가하지만, 독자는 언제나 작가의 최대 졸작으로 그를 평가절하 합니다. 시를 쓰는 것보다 발표할 때에 더 이성적 판단을 해야 하죠.

저는 마음에 드는 시 한 편을 남겨놓는 버릇이 있어요. 불안이 만들어
준 꼼수겠지요. 그렇게 숨겨둔 시가 삼 년이나 미발표로 남아 있다가 나
가는 경우도 있지요. 《시와 사람》 2003년 봄호에 발표한 〈우표〉란 시도
이태 넘게 서랍 속에 숨겨져 있던 시지요. 시집을 엮을 때에도 마찬가지
예요. 미발표로 꼬불쳐둔, 나름 좋다고 생각하는 두세 편은 다음 시집으
로 건너뛰는 거죠. 제 시 중에 〈빈 병의 얼굴〉이란 시는 첫 번째 시집《벌
레의 집은 아늑하다》에 들어가야 할 시인데 두 번째 시집《풋사과의 주
름살》에 수록되어 있지요. 그 당시 제가 그 시를 많이 아꼈다는 증거입
니다. 《제비꽃 여인숙》에 들지 못하고 다음 시집《의자》를 기다린 시는
2002년 4월《문학사상》에 발표한 〈좋은 술집〉이란 시지요.

그러니, 지금도 저는 몇 편의 시를 분명 꼬불쳐두고 엄살을 피우고 있
겠지요. 시 쓰는 놈에게 나름 감춰둔 시가 없다면, 보석상을 하는 상점에
모조품만 즐비한 꼴이 될 테니까요. 그러니까 저에게 있어서 시 쓰는 욕
구는 시를 꼬불쳐두고 싶은 욕구와 같은 겁니다.

솔직히 말해서 저는 지금 무척 가난하고 불안합니다. 시의 서랍이 텅
비어 있기 때문이기도 하고, 시를 생산하는 능력이 엄청 줄어들었기 때
문이지요.

한 가지만 더 말씀드리고 글을 맺을게요.

시인은 설렘과 그늘에 민감한 사람이라고 생각해요. 설렘이 사라진 시인의 생은 시가 사라진 생이겠지요. 설렘을 놀람이라고 말해도 괜찮겠지만, 그 일렁임은 다른 것 같습니다.

세발자전거를 타고 달나라에 가려는 사람이 시인이라고 생각해요. 세발자전거를 타고 달나라에 간다고 하면 사람들은 미쳤다고 하겠지요. 기발한 생각이라고 놀라워하기는커녕 놀림만 당하겠지요. 하지만 시인은 허공을 달리기 위해 브레이크를 손질하고 바퀴에 바람도 넣지요. 새들하고 부딪히면 안 되니까 따르릉 소리도 울려보겠지요. 설렘으로 가득 부풀어오른 가슴을 내밀고 하늘을 날겠지요.

한편 그늘이란 것은 참 서늘하지요. "네 소리에는 그늘이 없어"라는 말은 〈서편제〉란 영화에서 들은 것 같아요. 밖으로 나가지 못한 내부의 어둠이 가슴에 똬리를 틀고 있다가 소리나 시를 업고 밖으로 나온 무엇, 그게 그늘인데요.

목탁 속 어둠 같은 것.

뻥 뚫린 고목의 내부에 서려 있는 어떤, 없음의 두께.

텅 빈 부재의 숨소리.

벌레 먹은 나뭇잎을 막 빠져나온 햇살이 아래 잎에 하염없이 부딪치다가 어쩔 수 없이 나무 밑에 내려놓는 것.

먼 길 달려온 햇살이 자신의 무릎을 접어서 한 그루 나무 앞에서 기도 할 때, 그 햇살과 고목이 한꺼번에 뽑아내는 한숨 같은 것.

아, 뜬구름 잡고 비를 만드는 이 물컹거리는 언어들에도 그늘은 있죠. 어둠의 골짜기를 따라 내려오면, 세상 모든 그늘은 내 발밑으로 수렴되지요. 내 발바닥에서 발산되는 어둔 햇살들.

이쯤에서 이 글은 편지봉투의 환한 그늘로 들어가야겠습니다.

하늘에 떠 있는 보름달, 저 맑고 차가운 소주잔에 건배! 소주잔에 그늘을 담아 마시는 일, 참 설레이지요.

홀로 전복顚覆을 기도하는 것

1

원고지는 비포장 신작로 아래에 붙어 있는 자갈밭 같지요.

일하기 싫은 곳, 버스라도 지나가면 나는 밭고랑에 고개를 처박았지요. 노동이 부끄러운가? 돌이켜보면 나는 언제나 달아날 품새를 갖추고 있던 가짜 농사꾼이었습니다. 함께 일하는 어머니는 천천히 달리는 버스를 향해 손을 흔들며, 아는 이가 있으면 큰 소리로 찬거리를 부탁하기도 했지요. 어린 막내는 버스 꽁무니에 주먹감자를 먹이기도 했고요. 꿩처럼 고개를 처박고 있는 것은 교련복을 입은 나뿐이었어요.

원고지를 볼 때면 간혹 그 신작로 밭이 생각납니다.

아직 찬거리를 부탁할 만큼 한통속도 못 되었고 주먹감자를 먹일 만큼 철부지도 아닌, 어영부영한 나날이 내 문학의 약력이기 때문이지요.

유용주 시인의 문학 강의를 엿들은 적이 있어요. 그는 청소년들에게 제발 젊음을 아끼지 말라고 했죠. 끝까지 밀어붙이라고, 자신의 꿈을 향해 완전 연소시키라고 했죠. 불완전 연소는 그을음과 독가스만 뿜어낼 뿐이라고 목소리를 높였어요.

글을 쓰려고 원고지나 컴퓨터 모니터를 바라보고 있노라면 불완전 연소로 내달리던 버스와 먼지 뽀얗게 내려앉은 신작로 밭이 생각납니다. 버스 바퀴에 튕긴 돌맹이가 모니터에 박힐 거 같죠. 어영부영 뭉개다가 돌이나 얻어맞는 건 아닌지.

2

내가 태어나 자란 황새울엔 공동 우물이 있었습니다.

우물 이름은 대동샘이었죠. 경지 정리에 사라진 우물! 문학으로 치자면 그곳은 평론판이었어요. 모든 품평이 그곳에서 이뤄졌지요. 밥을 안치려 쌀이나 보리를 씻다보면 누구네 농사가 실한지 다 보였죠. 바가지에 고구마가 잠겨 있으면 그 굵기와 길이와 껍질의 억셈을 보고 대충 누구네 집 어느 비탈밭에서 캔 건지 짐작을 하죠. 누가 김칫거리를 잘 다듬는지, 누가 물동이를 찔끔거리며 길바닥에 다 엎어버리는지, 누구네 집 아저씨가 아랫동네 과부와 밤길을 싸돌아다니는지, 웬만한 이야기는 쉬쉬할 것도 없이 대동샘 밑바닥처럼 훤하게 드러났지요. 우리는 그곳 우물에서 하늘의 깊이를 알았고 제 얼굴의 미래를 점치기도 했어요.

우물 물은 맑았죠. 고무신이나 밥그릇이 빠지거나, 일급수에서만 사는 버들치 몇 마리 헤엄치기 시작하면 동네 청년들은 대동샘물을 홀랑 품어냈지요. 퉁퉁 불은 보리알이 도토리만 하게 떠올랐지요. 어떤 방법이든, 대동샘은 일 년에 두세 차례 제 바닥을 보여주었어요.

대저 평론이란 게 무엇인가요? 나는 대동샘의 맑고 차가운 깊이를 떠올립니다. 그곳에서 때를 밀고 목욕하는 사람은 없었죠. 아무리 가물어도 그 물을 길어다가 논밭에 끼얹는 사람도 없었지요. 샘 옆에 알림판을 세워둔 것도 아니었습니다. 개가 쥐약을 먹고 뛰어든 적이 딱 한 번 있었지만, 그곳은 죽음에 관여하는 곳이 아니라 삶의 활력에 기여하는 곳이었어요. 노동은 대동샘의 시원한 물 한 바가지에서 시작되고 아무리 혼곤한 노동도 그 물로 끓인 숭늉과 눌은밥을 먹고 잠자리에 들었죠.

나는 하늘 깊은 대동샘의 경문鏡門에 내 시가 구름처럼 머물다가 흘러가길 바랍니다.

3

지붕 개량이 시작되고 흑백텔레비전이 보급되면서 사람들은 안마당에 샘을 파기 시작했습니다. 삼촌들과 함께 나도 샘을 팠지요. 삽과 괭이와 흙을 퍼 올리는 도르래가 장비의 전부였어요. 부엌과 가까운 안마당 구석에 둥근 원을 그리고 곡괭이질을 시작했어요.

　삼촌과 부모님들이 들녘으로 일 나간 빈집에서 나는 파다 만 우물 속으로 삽을 들고 내려갔어요. 내 어깨쯤의 깊이에 호미와 괭이가 놓여 있었죠. 소나무로 만든 사다리는 미끄러웠지요. 나는 고무신을 벗어 구덩이 밖으로 집어 던졌어요. 처음으로 얼굴을 내민 차가운 흙이 내 발 밑에 있었지요. 나는 도르래에 묶여 있는 고무함지에 흙을 퍼 담기 시작했죠. 간혹 앞산 뻐꾸기 소리며 개 울음소리가 구덩이 속으로 고였다가 빠져나갔어요. 사다리를 오르내리길 수십 번 이제 구덩이는 내 키만큼 깊어졌지요.

　드디어 내가 지상의 흙을 만지는 것이 아니라 지하의 흙을 뒤집고 있다는 생각이 들었어요. 내가 새로운 바닥을 계속 만들고 있다는 생각에 미치자 무서움이 밀려왔습니다. 해서는 안 될 일을 하고 있다는 막연한 두려움이 일었어요. 누군가 나타나서 샘을 메워버릴 것 같은 생각이 들었죠. 서둘러 사다리를 기어오르다가 미끄러져 정강이에서 피가 났지요.

　마당에 나앉아 구덩이를 내려다보았어요. 그저 얕은 웅덩이일 뿐이었습니다. 방금 전 나는 지하의 흙을 지상에 퍼 올리는 전복順覆에 가담했었는데, 바닥을 탁탁 긁는 서늘한 경지를 맛보았는데, 밖으로 나와보니 그저 개가 꼬리 치고 닭이 모이를 쪼는 안마당 구석에 나 혼자 갇혀서 몸

서리친 것이었습니다.

　시를 쓴다는 것이 그렇습니다. 샘솟는 우물 밑바닥의 지하수면에 정신을 들이밀고 싶은 일이지요. 바닥을 치고 오르고 싶죠. 뒤집어엎은 자리에서 시원한 물줄기를 퍼 올리는 것이죠. 시란 모름지기 갈증에 관여하는 일이라고 수없이 뇌이지만, 내 시업詩業을 돌아보면 얕은 웅덩이에 혼자 호미 들고 들어가 코피 쏟는 꼴이 아닌가, 망연해지죠. 햇볕 내리쬐는 토방에 앉아 개의 목덜미나 어루만지는 일이 아닌가, 헛헛하게 웃어도 보죠.

오래 몬다는 것

　소주 몇 잔이 빗소리와 함께 쪼르륵 식도에 빠져듭니다. 작가의 삶은 자동차 운전 스타일과 많이 닮아 있지요.

　첫 번째로 작가 중에는 덤프트럭에 짐을 무작정 싣고 수렁도 불사하고 돌진하는 스타일이 있습니다. 이런 작가의 특징은 수렁에 빠지는 것을 낙으로 삼고 온종일 들녘의 짚가리와 삽 한 자루만을 사용해서 차를 꺼내는 자수성가형이죠. 진눈깨비로 변한 밤길을 꽁꽁 언 채 귀가하는 그의 손에 운전가이드 비슷한 게 들려 있는데, 그게 바로 자서전입니다. 덤프트럭은 타고난 자신의 신체를 말하는 것이니 밑져야 본전인 삶인 거죠. 문학에서 본전이라도 건진다는 것은 대단한 성공입니다.

　두 번째 스타일은 어여쁜 승용차에 짐이 안 실어진다고 투덜거리는 형이죠. 모종삽을 신고 다니며 아무 곳에서나 꽃을 뽑아대죠. 하늘의 노을도 꽃밭이라 생각해서 모종삽을 들이밀 때가 많은데, 살릴 때보다 죽일 때가 많아서 취미라곤 드라이플라워 만들기입니다. 떼로 몰려다니는 습성이 있고 원예 강좌가 있으면 빠지지 않고 등록한 뒤, 있지도 않은 들꽃 채취자격증을 달라고 아우성을 치죠. 자비로 낸 책을 자비를 들여서 나눠주느라 말년이 바쁩니다.

세 번째 스타일은 차라는 차는 다 타보고 싶어 하는데, 자격증이 소형면허라서 운전기술을 읽히느라 생을 다 허비하죠. 자신이 타고 있는 차는 맘에 들지 않아 잘 나간다는 대형차만 보면 조수석이라도 앉고 싶어 합니다. 차 안에 꼭 모포를 갖고 다니며 차창에 섹시한 달력을 붙이고 다닙니다. 앞을 보고 차를 운전하지 않고 늘 두리번거리기 때문에 사고의 위험이 높고 남의 차를 기웃거리다 욕을 얻어먹을 때가 많습니다. 손에는 신차 사용설명서와 정비요령서가 들려 있는데 지금 타고 있는 자신의 차종과는 무관한 책이네요.

네 번째 스타일은 차 하나를 어렵게 구입한 뒤 너무 아끼기만 하는 형입니다. 세차장 주인처럼 남의 차 다루듯 닦고 어루만지기만 하는 경우죠. 용기를 내어 십수 년 만에 조심스럽게 운전을 해보지만, 전진과 후진도 구분 못하니 문을 나서자마자 사고를 냅니다. 지나가는 차만 보면 아직도 운전하는 사람이 있느냐고 도도한 표정을 짓지만 온몸은 회한으로 부들부들 떨죠. 안방 경대 앞에 가보면 장롱면허증을 가보 1호로 잘 모셔두고 있습니다. 옆 서가를 보면 책은 좀 있으나, 면허증을 따던 즈음의 오래된 책만 가득하죠. 나눠줄 자신의 책도 없지만 안 보는 책도 절대 남에게 주지 않습니다.

끝으로, 대부분의 많은 운전자들은 차 하나를 참 오래 탑니다. 차의 모든 부품은 이십 년 이상 안전하게 사용할 수 있도록 만들어져 있죠. 그러나 십 년, 이십 년쯤 되면 짐칸이 넉넉하고 시야도 넓은 차로 업그레이드시켜야 하며, 그렇지 않을 때에는 빗물이 새거나 냉온풍기가 고장이 나서 심신의 건강에 막대한 영향을 끼칠 수도 있죠. 외곬으로 한 종의 차를 몰고 한 길로만 직진하려면 필시 정비를 게을리하지 말아야 하며, 차의 엔진 소리는 좋은지, 연료는 충분한지 정비업자의 말에 귀를 기울여야 하고 주유소의 애송이한테도 깍듯한 인사를 올려야 합니다. 전국의 맛있는 집과 애인과 가볼 만한 비경이 나온 좋은 책을 통해서, 입맛도 눈맛도 변한다는 것을 체득한 그는 늘 새로운 곳을 개척합니다. 길 위에서 죽는 경우가 많은데, 필시 그가 죽은 장소는 명소가 되죠.

소주가 또 한 잔 연료탱크로 들어오네요. 밖에 세워둔 저 짐칸 넓은 낡은 차는 누가 몰고 왔나요?

기웃기웃! 황새울까지 음주 운전으로 몰고 가서 샘물이나 한 바가지

들이켜야겠네요.

그런데 어쩌죠. 경지 정리에 대동샘은 사라지고, 죽은 가축의 오폐수로 지하수는 썩었으니! 수렁논에 빠진 차바퀴에 모종삽이나 들이밀다가, 가슴 치며 돌아올까요? 돌아와 다시 한 잔 나눌까요?

중심을 잃지 않는 것

　언덕마루를 오르다가 시내버스가 멈춰버렸습니다. 눈발이 만두만 하게 굵직했어요. 버스의 넓은 앞 유리로 커다란 동양화 한 폭이 펼쳐졌어요. 그 꿈틀대는 동영상을 감상하다가 수첩을 꺼내 시를 끼적였지요. 운전수가 신작로 바닥에 누워 늙은 버스의 똥구멍을 삽으로 긁어주고 있네요. 곧 키들키들 시동이 걸리겠지요. 시 한 편이 내 몸을 빌려 세상에 나오려고 버스가 고장 난 게 아닐까, 가슴이 쿵쾅거리네요. 세상이라는 저 포대기가 없다면 어찌 시를 순산할 수 있겠어요. 포대기에 양털이 소복소복 쌓이네요.

　겨울 논바닥
　지푸라기 태운 자리

얼었다 풀렸다
검게 이어져 있다

산마루에서 굽어보니
하느님이 쓴 반성문 같다

왜 이리 말줄임표가 많지?

겨울 새떼늘이
왁자하게 읽으며 날아오르자
민망한 듯 큰 눈 내린다

반성문을 쓸 때
무릎 꿇었던, 쌍샘에서
소 콧구멍처럼 김이 솟아오른다.

온 들녘에, 다시
흰 종이가 펼쳐지자
앞산 뒷산이

깜깜하게 먹으로 선다

- 졸시 〈현운묵서玄雲墨書〉 전문

시를 쓰고 나서 제목을 올리자니 난감했습니다. 서예학원을 경영하는 제자에게 전화를 걸었죠. 중국이나 우리나라에서 쓰는 좋은 먹 이름을 알려달라고요. 제자가 알려준 먹 가운데 이 시와 딱 맞는 이름이 있었으니, 그게 바로 현운묵이었죠. 아, 제자에게 수업료를 한 번 더 받은 꼴이 되었네요.

다시 내 가슴이 쿵쾅거렸어요. 하느님의 서가를 엿본 설렘 때문이었죠. 그의 서가가 곧 우리들의 경작지임을 알아버린 즐거움이었죠. 우리가 거닐고, 우리가 지심을 매고, 우리가 첫 키스를 나눈 풀밭이며 다리 밑이, 곧 하느님의 마루며 책상인 거죠. 그가 쓴 반성문 위에서 쟁기질을 하고 모내기를 하는 사람들.

겨울밤, 그의 먹물이 졸아들지 않도록 산이 통째로 현운묵으로 깊어지고 있었지요. 좋은 먹은 검은빛만으로는 어림없죠. 그러니 봄이면 신록이 피고 가을이면 단풍이 드는 것 아니겠어요. 진정한 먹빛은 흰빛을 감싸 안을 때만이 가능한 것, 먹 위로 흰 눈이 펄펄 내렸다가 봄 햇살에 찌꺼기를 걸러내길 수만 번, 그 먹을 갈아 논바닥에 반성문을 쓰는 하느님. 새들은 하늘에다 베껴 쓰며 점자로 날아가네요.

하느님의 반성문을 엿본 눈으로 사랑과 먹물의 닮은 점을 몇 마디 끼적여 볼작시면, 그 하나가 감춤의 미학이지요. 서예과목의 첫 시간에 배운 것은 역입逆入과 중봉中鋒이었어요. 맨 처음의 필 끝을 감추어 거듭 되돌아가는 필법이 역입인데, 조심스럽게 찍은 처음의 붓길이 제 날카로움과 떨림을 그림자 삼아 안고 드는 것이죠. 첫 출발을 제 길 안에 그늘로 껴안으라는 깊은 뜻. 그리하여 돌아나가는 붓길이 적정하게 무거워지고 둥그러지게 하는 비법이 그곳에 있죠. 사랑 또한 그러하지 않은가요? 뒷걸음의 발꿈치로 시작하는 저 역입의 필법처럼, 전면보다는 배면의 깊이와 넓이로 시작하라는 뜻 말이에요.

중봉은 언제나 중심을 잃지 않고 제 길을 가는 것입니다. 스노보드나 수상스키가 비스듬히 눕는 것도 중심을 잡기 위한 절묘한 몸놀림이지요. 붓은 누워서도 중심을 지향하지요. 사랑에게 많은 방황과 망설임이 죽 끓는 것은 중심의 외줄을 걸어가기 위한 균형 잡기 아니겠는지요? 아름다운 사랑은 작두날을 타듯 위태롭지만 발바닥은 차가운 황홀로 일렁이지요.

사랑과 붓은 이제 제 갈 길을 가야 합니다. 한자리에 오래 머물면 둥글게 멍이 퍼지죠. 지금까지 써온 글자들이 그 멍 자국에 묻혀 읽을 수도 없으려니와 붓의 먹물이 다 말라버리죠. 앞으로 나갈 기력이 소진되어버리죠. 여백의 흰 종이 위에 큰 바위가 백척간두로 올라서지요. 굴러떨어지지요. 글자나 난초 잎이 바위의 무게를 못 견디고는 제 발등을 찍지요.

다음으로 사랑과 무엇이 닮았나요? 먹물을 내리려면 먹을 갈아야지요. 그을음 서린 오래된 먹이 제 사연을 아무 말 없이 시나브로 풀어놓죠. 단방이나 단칼은 없죠. 단도직입의 사랑은 종자가 다른 풋사랑이지요. 풋사랑도 풋사과나 땡감처럼 익힐 수는 있지요. 오랜 햇살과 기다림이 살비벼서 '풋'이란 글자를 갈아준다면 말이에요.

먹물을 종이에 찍는 것은 시간을 문지르는 거예요. 일필휘지는 완숙의 끝자락에서 나오는 것이지요. 진정한 사랑이라면 그 어떤 첫사랑이라도 먼 산굽이를 넘고 에돌아 초원을 향해 나아갑니다. 모든 붓은 설원을 걷는 노루나 표범과도 같죠. 설원의 어딘가에 초록 잎사귀가 있고 오래 전에 떠난 지친 토끼가 있습니다. 노루와 표범이 허기진 입을 열고 이빨을 내미는 순간, 초록 이파리와 토끼 한 마리는 종이 밖으로 홀연 사라져버리죠.

저 눈보라 속에서 난 잎을 뜯어먹는 산토끼의 먹을 딸 수 있겠는지요? 다만 따라갈 뿐이지요. 그 작고 가녀린 발자국을. 눈발에 덮이는 발자국의 온기를.

그렇다면 붓은 처음부터 설원의 흰 길 위를 달릴 수 있겠는지요? 사랑은 처음부터 설원의 오두막에 솥을 걸고 고구마를 삶아 먹을 수 있을까요? 세상의 온갖 찌꺼기 잡다한 신문지 위에 수도 없이 선이나 긋다 쓰러진 그 자리에서 우두둑 붓이 서는 것이지요. 그 붓이 꼬리로 서서 걸어나올 때까지 저잣거리를 걸어야 하죠. 말똥냄새 진동하는 마구간에서 자신의 옆구리를 뒷발질하며 허엉허엉 울다가 제 고삐를 스스로 풀고 나와 고원을 향해 달음질칠 때까지, 신문지와 마분지가 붓의 놀이터이고 기차역이고 작업장이죠. 야간학교고 농성장이죠. 대설원의 흰 눈은 앞서 간 이들의 검은 먹물이 바래서 거대한 백지가 된 거죠.

연장 탓할 일이 아니지요. 종이도 자신의 억만 한숨이 서려 펼쳐지는 것이고, 붓도 제 손목 뼈마디에서 뛰쳐나오는 것이니까요. 돈 주고 살 수 있는 것도, 스승에게서 사사받는 것도 아니란 말이죠. 사랑을 누구에게서 살 수 있나요? 석순처럼 자라는 붓과 사랑을 누구의 가슴속 동굴에서 분질러온단 말인가요?

세상에 파지는 없지요. 흔적 없는 사랑이 없듯이 말이에요. 구겨 쓰레기통에 버리거나 태워버려도 먹물이 지나간 자리는 어떻게든 붓 잡았던 손길을 타고 올라가 필력이 되지요. 그 어떤 파경의 사랑도 서로의 가슴 저층에 고여 들어가 지하수가 되죠. 그 물은 때로 울컥울컥 솟구쳐 눈물이 되고 한숨을 꽃피우죠. 사랑을 겪는 자의 눈물과 한숨은 애송이들의 숨결이나 칭얼거림과는 그 염도鹽度와 파고波高가 다릅니다. 개펄과 염전이 있느냐 없느냐? 아니, 바다 그 자체의 있고 없음이죠.

사랑이나 먹물은 끝자리에 낙관이 들어앉죠. 이것은 내 삶이고, 내 목숨이라고 화인을 찍는 거죠. 낙관이란 것은 붓 잡은 이의 신체 해부도이지요. 사랑은 신체의 장기가 통하는 일이지요. 내가 너다. 네가 아프니 나도 아픈 것이다. 그리하여 같은 해가 뜨고 같은 달이 뜨고 같은 별이 무너져 내리지요.

그러나 사랑이여. 기찻길 침목처럼 똑같은 간격으로 나란히 갈 수는 없습니다. 변주 없는 음악이 어디 있으며, 반전 없는 글이 어디 있겠어요?

그러므로 붓길이여. 사랑이여.

너는 크게 작게 꺾고 돌아라. 홀연 작아졌다가 우주만큼 커져라.

작고 가는 글자가 굵고 큰 글자를 몰고 가듯! 설원의 토끼 한 마리가 표범을 끌고 가듯! 완당의 풀잎 하나가 초원의 바람을 휘몰아오듯! 작은 기미와 점 하나가 사랑과 붓길의 단초요, 주춧돌이죠.

사랑이여. 붓이여.

내가 손을 내밀 때만이 먹물이 스미고 피가 돌지요. 우주라는 멍청한 녀석이 내 쓸개 어디쯤에서 꿈틀대기 시작하죠.

필筆이여. 나의 필feel이여. 설원에 가서, 우리, 피 흘리며 누워요.

숲과 집을 닮는 것

1.

땅바닥에 막대기 하나가 있습니다. 막대기라는 하나의 생이지요. 이 막대기는 한 나무의 삶에서 떨어진 것입니다. 새의 부리가 이 막대기를 물어 올리면, 이 막대기는 한 집안을 세상에 내놓는 둥지가 되겠지요. 만약 벌레를 들이며 나무 막대기가 썩어간다면, 썩음으로 집을 갖는 생이 되는 것이죠.

집에서 나와 집으로 가는 것이 나무뿐인가요. 존재는 언제나 집이고, 폐가도 집입니다. 집터마저도, 집이었던 과거의 집입니다. 까치 둥지로 날아가는 막대기에도 이미 방을 들인 벌레들이 있겠지요. 집은, 집에서 다시 집이 됩니다. 그게 우주지요.

시인은 끊임없이 집을 삼키며, 집을 부수며, 폐허의 집터에서 한 채의 집을 복원합니다.

그러므로 시인이여. 그대는 무허가 건축가입니다. 굴뚝으로 가는 방고래의 어둠, 그 그을음을 손으로 긁어 시를 쓰고 있습니까? 그 어둠의 문장과 자주 대면하나요? 그을음 떨어져나간 어둠의 길로 쑥쑥 빨려 들어가는 불길. 이불을 뒤집어쓰고 있는 밥그릇과 아랫목의 온기를 믿고 있나요?

집은 집을 삼키거나 내뱉으며, 새로운 집으로 거듭납니다. 거듭나는 일을 거듭 반복합니다.

오솔길을 걷던 한 시인이 막대기를 집어 제 눈에 가까이 대는 순간, 막대기는 작은 제 그림자를 시인의 그림자에 보태며 말을 건네옵니다.

자, 막대기다. 이 막대기가 서 있던 숲을 그릴 수 있겠는가.

숲에 듭니다. 무덤이 끌고 들어온 길이 있습니다.

모든 길은 무덤으로 갑니다.

시인이나 시는 무덤과 많이 닮아 있습니다.

한 사람에게 무덤이 하나이듯 한 시인은 하나의 시적 터전을 갖습니다. 평생 쓰는 모든 시와 시집은 전집으로 수렴되지요. 한 사람의 생애가 무덤으로 수렴되듯, 그 무덤이 끝내 숲으로 흘러가듯, 시와 무덤은 소멸로 가는 통로에 존재합니다. 서로 멀찍이 서서 무관한 듯 치를 떱니다.

주검이 서서히 살을 버린 뒤 하얀 뼈로 남듯, 좋은 시는 흰 상아빛을 떱니다. 좋은 시는 뼈처럼 단단하고 단순하지요. 좋은 시는 뼈처럼 오래 갑니다. 어둠 속에서도 빛이 나지요. 식솔을 거느리고 있는 무덤에겐 무덤에 이르는 길이 있듯, 살아 있는 시에도 가솔이 있습니다. 밥상이 있고 숟가락 부딪는 소리가 납니다.

그러나 식솔은 영원하지 않습니다. 영원하다면 가짜고 허울입니다. 돌에 새긴 가짜 이름입니다.

무덤의 최후는 숲입니다.

시의 최후도 숲입니다.

나쁜 시는 머리카락을 닮아 있습니다. 나쁜 시는 흉내 내기만 할 뿐, 회색입니다. 현묘玄妙가 없는 거지요. 의미를 수습하려 하면, 엉켜버릴 뿐입니다. 나쁜 시는, 나도 무덤 속 뼈처럼 오래간다고 버럭버럭 우깁니다.

좋은 시인은 뼈로 가고자 합니다. 단도직입을 건너 단순무식으로 갑니다. 나쁜 시인은 살로, 옷으로, 장식으로 가고자 합니다. 복잡한 치장으로, 요란한 유식으로 갑니다.

나여, 이제 단순무식으로 갑시다.

멀리서 숲을 보니, 나무 한 그루 같습니다.

새똥처럼 단순하고, 무덤처럼 둥글 뿐이지요.

2.

좋은 시는 배산임수의 집과 닮아 있습니다.

집은 햇살 따뜻한 터에 주춧돌을 놓지요. 시는 집과 마찬가지로, 궁극적으로 밝은 창을 달고자 합니다. 집은 숲과 가까워야 합니다. 땔감 몇 짐 후딱 지고 내려올 수 있어야 합니다. 간혹, 짐승 한 마리를 밥상에 올릴 만한 거친 숲을 품고 있어야 해요. 뜰 앞에는 물고기 몇 마리 건져올 수 있는 냇물이 있어야 합니다. 좋은 시는 거칠지만 힘 있는 밥상과 같아서 허기가 느껴집니다.

차경借景까지 가면 더할 나위 없는 금상첨화겠지만, 안 되면 좋은 풍광을 만들면 됩니다. 좋은 집과 좋은 시에는 열매 좋은 나무가 가득합니다. 마을이 너른 세상 쪽으로 길을 내어놓듯, 좋은 시에는 뜨거운 눈길과 손발길이 있습니다. 한번 들기만 하면 며칠은 쉬어가고 싶은 따뜻한 아랫목이 있습니다. 윗목에는 가슴을 시원하게 적시는 차가운 물그릇이 있습니다.

좋은 시에는 높은 담이 아니라 울타리가 있습니다. 바람이며 강아지며 병아리들을 술술 통과시키는 허술한 경계가 있습니다. 솟을대문이 아니라 사립문이 있습니다. 문패가 아니라 큰 소리로 부르는 이름이 있습니다. 머슴과 주인이 아니라 일꾼과 품앗이가 있습니다.

처마가 있고 그늘이 있습니다. 고구마 삶아놓은 양푼이 있고 빨랫줄이 있습니다. 기저귀가 있고 만가挽歌가 있습니다. 방과 방 사이, 행과 행 사이, 연과 연 사이에 쪽문이 있습니다. 아이들의 발자국 소리가 있고, 노인네의 헛기침이 있습니다.

시와 시가 모여 시집이 되듯, 집과 집은 옹기종기 모여 마을이 됩니다. 좋은 시에는 춤이 있고 가락이 있고 노래가 있습니다. 좋은 마을에는 꽹과리 소리 끊이지 않는 경사가 있습니다. 경사 같은, 애사가 있습니다.

좋은 시에는 일순간 어둠을 밝히는 불꽃 심지가 있습니다. 불꽃 심지를 찾는 더듬거림이 있습니다. 어둠을 주물럭거리는 손끝 떨림이 있습니다.

알전구 매달린 방, 출입문 가까이 스위치가 있습니다. 그 스위치를 건들기만 하면 일순 환해지고, 일순 깜깜해지기도 하는 한 소식이 분명 있습니다.

그 스위치 언저리에는 어김없이 검은 손때가 있지요. 손때만 한 현묘가 또 어디 있겠습니까.

시간과 공간을 짐작하는 것

전신 거울을 들여다본 적이 오래되었네요.

장롱 문 안쪽에 전신 거울이 있지만 장롱 여는 일이 드물기 때문이지요. 서랍장에서 티셔츠를 꺼내 입고, 아내의 손거울에다 눈 코 입 들이밀고 손가락빗으로 머리나 쓸어 넘길 뿐이지요.

오늘은 내 시 속의 시간과 공간을 읽어보려고요. 그런데 거울이 작아얼굴만 커다랗게 보이네요. 눈길을 집어넣어 보이지 않는 발끝과 손을 가늠해보네요. 저 발이 돌아다닌 발자취와 저 손이 머물렀던 상처의 시간들을 떠올리네요.

오늘 편지는 참 더디네요. 내가 머뭇거리고 주저거린 시공이 너무 일천하기 때문이지요. 연대連帶라 해봐야 친인척 비리에 가깝고, 깊이라 해봐야 제 그림자 언저리에도 못 미치는 악성 근시의 물너울이군요.

할 말이 없는 것은 아니에요. 처음부터 나는 내가 보고 듣고 경험한 것들이 서로 어깨를 부딪치며 만드는 이야기를 좋아했어요. 상상력도 언제나 그 현실 경험을 직조해서 나타나는 것이지, 불현듯 어느 곳에서 해괴망측하게 왕림하는 것이 아니라고 믿어왔죠.

나는 '방 안 삼천리'라는 말로 나를 다잡곤 했죠. 나비는 고치 속에서 이미 창공을 나는 연습을 마치고 나오는 거라고 말이에요. 작은 알 속에서 벌레는 이파리를 갉아먹을 이를 잘 벼리고 나오는 것처럼요.

나는 문지방을 베고 누워, 문지방으로 오기 전 이 나무가 서 있었던 산비탈을 떠올려요. 산비탈의 봄여름가을겨울을 읽고, 듣고, 보고, 냄새 맡죠. 문지방을 베고 누웠던 할아버지, 아버지의 냄새를 맡죠. 그 골머리 아픈 수컷들의 과거사를 보죠. 코 고는 소리와 술주정을 엿듣죠. 이 문지방의 나뭇결을 스치고 지나간 물과 바람과, 집안 여자들의 치맛자락을 느껴보죠. 첫애를 사산한 뒤 피 뚝뚝 흘리며 넘던 어머니의 속옷을 오래 들여다보죠. 그 고쟁이를 올려다보았을 문지방의 가슴 저림을 함께 느껴보려고 노력하죠.

물끄러미!

나를 바라보는 세상 모든 것들의 눈에 시는 살아 있죠. 그 그늘을 시로 읽어내고 싶죠.

넌지시!

들여다보고 매만지는 순간, 나를 치는 저린 말씀이 살아 건너오죠. 거기가 시의 처소지요.

마을이 가까울수록
나무는 흠집이 많다.

내 몸이 너무 성하다.

— 졸시 〈서시〉 전문

나무라면 마을 가까이에서 자라는 나무, 낮에 찍힌 자리도 있고 땔감으로 굵은 가지를 내어준 옹이도 있고 마을 사람들 다 품고도 남는 그늘이 있는 나무. 마을의 어려운 결정을 다 들어본 나무, 억하심정의 목숨을 매달았던 나무, 방고래보다도 큰 어둠을 굴뚝처럼 세우고 있는 나무, 초록 연기가 풍풍 솟구치는 나무, 그 나무 가까이에 내 시가 얼쩡거려야 한다고 나를 채찍질하죠. 나는 흠집 많은 사람을 보면 기가 죽어요. 꽃다운 상처, 그건 싹수없는 용 문신과는 격이 다른 것이죠.

모나게 살자
샘이 솟는 곳

차고 맑은 모래처럼

모서리마다
빛나는 작은 칼날
찬물로 세수를 하며

서리 매운 새벽
샘이 솟는 곳
차고 맑은 모래처럼

- 졸시 〈나에게 쓰는 편지〉 전문

내가 태어난 동네는 충남 홍성군 홍동면 대영리 황새울이지요. 황새는 큰 새를 말하죠. 그래서 크다는 뜻의 '흔'과 새라는 뜻의 '사이'가 합쳐져서 '한사'라고도 부르죠. 한자로는 寒沙라고 쓰죠. 나는 이 '찬 모래'라는 뜻이 너무 좋아서 한사를 또 다른 내 이름으로 쓰고 있어요.

〈나에게 쓰는 편지〉라는 시는 마을이 나에게 준 시에요. 시인이 되었다고 고향이 나에게 선물로 준 시, 그러고 보니 내 시의 태반太半은 태반胎盤이 준 시네요. 〈나에게 쓰는 편지〉는 정신의 온기를 말하고 있죠. 미숫가루보다도 잘 풀어지는 게 정신인지라, 결의를 놓치면 언제나 흩어져버리는 게 마음이지요. 좋은 게 좋다고 느끼는 순간, 타락의 수챗구멍에 처박히고 말죠. 모나게 살자! 다짐해도 세상에 모서리가 가장 부드러운 곳이라서 금세 어쭈구리가 되지요. 하지만 냉기만으로는 안 되죠. 서리 매운 새벽의 차고 맑은 모래를 감싸는 샘물에서는 김이 무럭무럭 솟죠.

　나는 어디서 왔는가? 나는 어느 나무에 붙은 커다란 흠집인가? 어느 하늘의 샘 줄기에서 떨어져나온 잔모래인가? 내 시가 내 그림자와 그늘의 테두리 안에서 잔물결로 번져나가길 바라죠.

　어미의 부리가
　닿는 곳마다

　별이 뜬다

　한 번에 깨지는
　알 껍질이 있겠는가

　밤하늘엔
　나를 꺼내려는 어미의
　빗나간 부리질이 있다

반짝, 먼 나라의 별빛이

젖은 내 눈을 친다

– 졸시 〈줄탁啐啄〉 전문

낚시 바늘과 같은 것

시를 쓰면서 되뇌는 문장은 "새가 난다"입니다. 이 단순한 문장이 사실 문장의 전부지요. "어떤 새가, 어찌어찌 난다"라고 수식을 달지 않도록 다잡지요. "무엇 같은, 어떤 빛깔의 새가, 뭣 같은 몸짓으로, 어찌어찌 난다"라고 덕지덕지 휘황한 금박장식을 달지 않도록 펜 끝을 세웁니다. 시의 퇴고는 첨添이 아니라 삭削이어야 한다고 말이에요. 사물과 현상에 대한 정확한 직시와 통찰만이 단순한 문장을 만들지요. 멀리 나는 새는 단순하지요. 홀가분하지요.

그렇다면 본질에 대한 통찰은 어떻게 올까요?

"천지 간의 대자연이 나에게 문장을 빌려주었다〔大塊假我以文章〕."

이백李白의 〈춘야연도리원서春夜宴桃李園序〉에서 이 문장을 만난 지 올해로 이십 년이 되었네요.

시는 창작을 넘어 창조의 경지까지 다다라야 한다는 올가미와 시의 목표는 궁극적으로 현실 변혁에 복무해야 한다는 도덕적인 당위를 풀어준 것은 노장老莊과 이백이었어요. 이백의 이 문장을 만나고서야, 하늘 멀리에서 저 혼자 반짝이거나 미완의 혁명사 틈에서 죽창처럼 차갑게 말라가던 시가 드디어 내 무릎 사이 사타구니께로 다가왔어요. 나는 막 몽정을 경험한 소년처럼 내 몸의 가장 뜨겁고 은밀한 급소에 시를 넣어두고 만지작거릴 수가 있었죠.

어느 날이었어요. 고속도로휴게소 화장실에서 소변을 보고 있는데, 코앞에 시창작론의 요약본이 걸려 있었지요. 그간 열 권도 넘게 읽은 시창작론을 두 줄로 요약해놓았더군요. 출처는 《좋은생각》이고 발행처는 '문화시민연대'였어요. 그 내용인즉, "한 걸음 더 가까이"와 "우리가 흘리지 말아야 할 것은 눈물만이 아닙니다"였어요.

그래요. 사물과 현상을 향해 한 걸음 더 밀착시키는 자세가 중요하죠. 골똘하게 들여다보며 데리고 사는 거죠. 거듭 강조하거니와 시상詩想과의 뜨거운 동거同居가 필요하죠. 그 다음은 눈물이 문제죠. 엄살과 과장, 감상적 포즈의 배척 말이에요. 슬프다, 외롭다, 눈물 난다, 그립다, 사랑한다, 죽을 것만 같다, 미치겠다 등등의 말만이라도 멀리 내쳐야지요. 그건 시인의 것이 아니라 독자의 것이죠.

중요한 또 한 가지는 시의 끝맺음입니다. "떠날 때는 말없이"라는 노래

가사처럼, 끝말은 없어도 좋아요. 어설픈 시의 결말은 사족일 뿐이니까요. 군더더기가 아닌 감동과 여운의 꼬리를 잡아채려면 밋밋한 마무리를 벗어나야만 하죠. 설명이 아닌, 치고 올라가는 기법을 사용해야 하죠. 시의 맛은 일상의 통념과 상식으로부터 꿰어 차 올리는 것이니까요. 시의 말미는 요점 정리하는 공간이 아니란 말이지요.

시의 마지막 행은 낚시 바늘에 비유할 만하죠. 작가를 낚시꾼이라고 하고 독자를 물고기라고 가정해봅시다. 마지막 연이나 시의 말미까지 독자를 끌고 왔다면 일단은 성공한 것이죠. 대부분의 시는 1연이나 3~4행쯤에서 독자의 눈과 마음을 놓치고 마니까요. 문학잡지라면 다음 시인의 작품을 읽을 테고, 서점의 시집 코너라면 만화나 잡지 쪽으로 자리를 옮길 테죠. 낚시꾼은 여럿이고 호수는 넓으니까요. 물고기는 웬만한 떡밥에는 한자리에 모이지도, 맴돌지도 않죠. 그러므로 낚시 바늘 가까이 물고기가 다가오도록 했다면 이미 대단한 시적 능력을 지니고 있는 것입니다. 그러나 떡밥의 유혹만으로는 안 되지요. 물고기가 아니라 독자이기 때문이에요. 물고기는 아가미가 찢기는 황홀한 아픔을 모르지만 독자가 바라는 것은, 일순 낚아채 올리는 온몸의 떨림이죠. 눈과 가슴과 머리를 예리하게 가르는 번갯불의 황홀이죠.

시의 마지막은 전轉에서 받은 반전의 충격을 애무하는 고요하고 평온한 마무리가 되어야 한다고 착각하지 마세요. 작가가 아닌 독자였을 때를 돌아보세요. 밋밋하게 끝나가는 시 읽기를 불만 가득한 채로 집어치웠던 경험이 많았을 거예요.

낚시 바늘은 날카롭죠. 끝이 안창으로 꺾여 있죠. 그래요. 시의 마지막 행은 단순한 미늘이 날카롭게 솟아 있어야 해요. 낚시꾼의 전율은 그 미늘 끝에 걸린 물고기의 힘에서 나오죠. 독자는 거기에서 파르라니 전율하며 자신의 시 읽기를 마치고 싶어 하죠. 낚시 바늘에 걸린 물고기처럼 푸른 하늘로 솟구쳐오르고 싶은 거죠. 작가는 그 전율을 건네받아서 산고産苦를 기쁨으로 바꿔나가는 거예요. 사실, 창작에다가 산고란 말을 쓰는 건 말도 안 되죠. 우주의 어머니만 쓸 수 있는 말이니까요.

마지막 행은 독자의 가슴속에 행간을 걸치고 있죠.

"물고기가 난다."

"물고기 떼가 날아간다."

떡밥만 잔뜩 뿌려놓으면 물속 하늘까지 흐려집니다. 썩어버리죠.

수직의 문장을 세우는 것

나무를 베면

뿌리는 얼마나 캄캄할까

— 이상국, 〈어둠〉 전문

제 머리를 친 벼락 같은 시구詩句에요.

봄이 되면, 나무는 깜깜한 어둠을 딛고 새싹을 밀어 올릴 테죠. 맨 처음 씨앗 속의 어둠을 송두리째 끌어올려 초록 지붕을 지었듯이, 다시 초록의 일주문 하나 세울 테죠. 발밑 어둠의 실뿌리를 더 깊게 박을 테죠. 잘려나간 그루터기의 겹눈, 칠흑 중의 칠흑은 발밑 어둠이지요.

시인이여. 발바닥에 눈을 달고 세상을 읽어요. 똥독에 빠진 쥐의 눈이

• 이상국,《어느 농사꾼의 별에서》, 창비, 2005.

가장 반짝이죠. 연필심은 종이보다 깜깜하죠. 어둠의 핵에서 글이 나오지요. 병든 아버지가 누워 있던 방이 가장 어둡지요. 새벽 일찍 쌀을 안치던 어두운 솥단지, 깜깜하기에 쌀보리는 더욱 희게 눈을 뜨지요.

밑동이 잘릴지라도 나무는 다시 깜깜하게 눈을 뜨지요. 힘을 쫙 빼낸 낭창낭창한 초록 회초리가 수직의 문장을 세우지요.

저에게도 시경詩經 몇 줄이 있습니다.

"머릿속에 시詩라는 화두가 청천벽력으로 칼날을 들이밀고 있는가?"

"돌아다니지 말자. 방 안 삼천리, 방 안 삼천리, 방 안 삼천리다. 문지방이 산맥으로 꿈틀거리고, 천장에서 벼락이 친다."

경을 삼십 년 넘게 옆구리에 끼고 사신 목사가, 아이쿠머니! 라고 외치며 넘어지는 걸 본 적 있는지요? 만약 그런 분이 있다면 사람으로서는 뭐라 탓할 수 없지만 목회자로서는 사이비겠지요. 그 짧은 순간에, 주여! 할렐루야! 아멘! 이라 외치는…… 화두가 본능을 앞선 진짜!

무릇, 시를 쓴다는 사람은 몰입의 즐거움을 으뜸으로 삼아야 합니다. 좋은 시는 쏠림의 과거를 행간에 서려두고 있습니다. 치닫던 행간에서 수직의 문장이 솟아오릅니다.

늘 새로이 태어나는 것

벼락은 언제나 깜깜한 내 안에서 치는 것.

시는 새로운 것을 찾아서 펜촉으로 제 골수를 파헤치는 본능을 가지고 있죠. 시는 살아 있는 눈 시퍼런 짐승인 것이죠. 그러나 하늘 아래 새로운 것이 어디 있으며, 새롭지 않은 아침 또한 어디 있겠습니까? 샘물이 샘물일 수 있는 것은 늘 새로이 솟구치기 때문이고, 늘 같은 물맛을 유지하기 때문이죠. 샘물의 성분이 매일 바뀐다면, 그 물을 주식으로 삼는 사람들은 샘을 버리겠죠. 설사와 복통으로 얼굴이 누렇게 뜨겠죠. 얼굴과 정신을 비춰보는 샘과 식용으로서의 샘물은 그 쓰임새가 다르기 때문이죠.

그렇다면 시는 샘의 기능 중 어디에 닿아 있을까요? 반면의 거울일까요? 갈증을 재우는 식음수일까요? 아님 농업용수일까요? 그 중간은 없을까요? 얼도 씻고 갈증도 푸는 시, 정신으로서의 시와 삶으로서의 시는 한 우물에서 공존할 수 없을까요? 어느 시인인들 그 틈에다 새벽 똬리를 내려놓고 함지박을 채우고 싶지 않겠습니까?

새롭다는 뜻의 한자 중에는 신新이란 글자가 있죠. 글자를 파자해보면 '서다' 라는 뜻의 입立과 '나무' 라는 뜻의 목木과 '도끼' 라는 뜻의 근斤이 합해진 한자죠. 이 회의會意 글자 풀이를 나는 이렇게 해요.

"도끼로 잘린 나무에 돋아나는 싹은 새롭다."

그렇다면 새싹이 지켜야 할 게 한 가지 있습니다. 잘린 밑동과 같은 종의 움이 터야 한다는 거죠. 미루나무엔 미루나무 싹이 돋아야 하고, 버드나무엔 버드나무의 싹이 솟아야만 하죠. 측백나무에서 향나무 순이 돋고, 소나무에서 잣나무 싹이 움트면 안 되겠지요.

그렇지만 시라는 녀석은 펜촉으로 우물을 파고, 백지로 설산을 지으려 하죠. 나는 내 시가 새롭다는 말에서 자유롭기를 바랍니다. 다만, 내 시의 대동샘에서 새벽 아낙들이 두런두런 보리쌀을 씻길, 열무 같은 푸념들이 펼쳐지길 기다리죠. 좋은 우물은 차갑지요. 차갑기에 우물에 달려 있는 도랑은 기다랗죠. 차가운 물이 직방 논으로 들면 벼가 자라지 않기 때문이죠. 차갑되 따뜻할 것! 도끼에 잘린 나무 밑동이 가을을 지나는 동안, 그 상처의 나이테를 감싸 안는 고추잠자리의 다리 같은 시!

한때, 나는 거창했습니다. 신혼 단칸방 시절, 천장에 매달아놓은 통나무 책상 위에 '민족적 리얼리즘'이란 글귀를 새겨놓았죠. 이 말은 지금쯤 제 칼끝의 날카로움을 접고 가슴 밑바닥 어디께로 구들돌처럼 입적했겠지요.

나는 탁구와 테니스와 배드민턴을 좋아합니다. 공이 작고 신체 접촉이 없는 네트경기를 즐기죠. 그러던 어느 날, 테니스 교본에서 활문活文을 만났어요.

"대지를 떠나 무엇을 얻겠느냐?"

"힘을 빼라!"

프로선수인 아버지가 막 테니스에 입문한 아들을 위해 쓴 교본이었죠. 공을 치려고 깡충깡충 솟구치는 자식에게, 아버지처럼 센 공을 치고 싶어 안달하는 아들에게, 이 두 말만을 강조하는 것이었어요. 나는 내 시에게 말하죠.

"힘 좀 빼라!"

"이 땅을 떠나 무엇을 얻겠느뇨? 땅을 버린다면 우주 너머로 차고 날아갈 디딤발을 잃나니!"

시는 어디에 살까요?

살다보면, 낯선 것이 가슴을 치고 갈 때가 있습니다. 아버지의 얼굴이, 아침상 위에 놓여 있는 숟가락이, 어머니의 굵은 손마디에 껴 있는 빛바랜 반지가, 그 반지의 작고 깊은 상처들이, 스윽 가슴을 베고 지나갈 때가 있지요.

그 낯선 두려움과 동행하는 서늘한 그늘!

그게 바로 시죠. 어이! 하고 부르기에는 말문이 막히고, 그냥 지나가게 놔두기에는 다시는 못 만날 것 같은 순간, 눈은 밝아지고, 가슴은 우물처럼 깊어지고, 내 아랫도리는 없는 듯 허공에 뜨죠. 시는 내 몸보다 더 확연히 살아서 나에게 오죠.

나는 방금 쓴 시의 이전과 이후에서, 늘 새로이 태어나는 거죠. 시인은 새로운 시로 부활하며 새로운 시로 죽죠.

내 시가 좀 유쾌해졌으면 좋겠어요. 능청과 해학이 의뭉하게 넘실거렸으면 해요. 갈수록 시 읽기가 어렵다고들 하죠. 갑옷을 벗고 '문지방 삼천리에서 유쾌한 삼천리'로 낮게 날아야겠어요. 샘 도랑의 긴 탯줄을 꽉 부여잡고, 낮고도 멀리 날아갑시다! 배꼽을 보이며, 호르르호르르 날아올라봅시다! 펜촉 보습의 날개여.

시의 리듬과 동행하는 것

오늘은 출근하기 싫은 월요일이에요. 갑자기 우스개 하나가 떠오르네요. 아마 이야기 속의 주인공도 월요일 출근길이었나봐요.

"어머니, 저 출근하기 싫어요. 날이 갈수록 학생들이 저를 싫어하는 것 같고, 선생님들도 자꾸만 저를 피해요. 왕따가 되었나봐요. 정말 학교 가기 싫어요."

이 말을 들은 어머니가 아무 말 없이 한참이나 등을 토닥여주다가 한마디 했대요.

"그래도 네가 교장인데 학교를 빠지면 되겠니?"

혹, 우리 학교 교장선생님께서 이 글을 읽으신다면 빙긋 웃으며 꾸지람하시겠군요. 사실 저는 요즈음 꾸중 들을 일 하나 더 갖고 있습니다. 몸이 무거운 월요일에 슬며시 사무실을 빠져나와 한 시간 반쯤 뒷동산

숲길을 걷는 거예요. 점심때와 빈 시간을 이용하면 짬을 낼 수 있죠.

요즘에는 휴일이 되면 도심 가까운 뒷동산마다 사람들이 그득하죠. 마치 어느 연대 병력이 민간인 복장으로 변장하고 훈련받는 것 같죠. 훌라후프에, 산악자전거에, 애완견에, 커다란 플라스틱 약수통에, 오로지 건강과 전투중인 시민군들이 완전히 장악해버리죠. 그러니까 월요일 산이 얼마나 고요하고 향기롭겠어요. 휴일보다 상대적으로 고요해진 것은 알겠는데, 왜 향기롭기까지 하냐고요? 그거야 가을이기 때문이죠. 시민군들이 질끈질끈 밟아놓은 낙엽들이 하룻밤 상처를 여미고는 햇살에 향을 퍼뜨리기 때문이요.

새로 쓴 시 한두 편을 주머니에 넣고 산에 올라 숲길을 걸으며 퇴고하는 맛이 삼삼하죠. 나무들이 나이테 속에 웅크리고 있던 자신의 추억과 상처를 시 속에 건네줄 때가 잦아요. 새들과 하늘다람쥐는 오르락내리락 쫓아다니며, 내게 글 선생을 자처하고요. 내재율이며 음보라는 것도 책상머리에 앉아 읊조리는 것 다르고, 방 안을 빙빙 돌며 조율하는 것이 다르죠.

산등성이를 거닐며, 내가 쓴 시의 한 행 한 행도 이 산등성이와 같기를 바랍니다. 이 산등성이와 다음 산등성이까지의 거리와 깊이를 지녔으면 좋겠다 싶죠.

시행과 산행의 동일시!

행과 연 사이에 솔바람도 불고 새소리도 울려퍼졌으면 좋겠다 싶죠. 게다가 상처 깊은 낙엽들이 내뿜는 향기와 꺾인 잎맥을 추스르는 뼈마디 소리도 갖춘다면 얼마나 좋은 일이겠어요.

그런 것들이 이 작은 산책에서 다 이루어질 리 없겠지만, 적어도 함께 호흡해본 시는 방 안 놀음의 시와 다를 것이라는 횡재 심보가 저를 자꾸 산으로 밀어 올리죠. 그러니 아무 시나 품고 갈 수야 없겠죠. 될성부른 시를 품고 산에 올라 종이쪽지를 들고 골똘히 걷다보면, 어떤 때에는 친절하게도 화장지를 꺼내어 건네주는 이들도 만나지요. 내 꼴이 똥 마려운 강아지처럼 보인 것이겠죠.

다시 월요일이에요. 오늘은 신작시가 없어서 빈손으로 가려다가 이 편지를 가져가서 억새에게 읽어주렵니다. 편지는 퇴고하면 맛이 떨어지니, 펜은 놓고 가야겠지요.

다시 뵐 때까지, 산책길의 풀과 나무들이 그대의 신작시를 엿듣는 일 많기를, 낙엽이 진 나무들의 새순이 시란 글자의 'ㅅ'을 닮아가기를.

언 우물을 깨는 도끼질 같은 것

글 쓰는 이에게 원고지는 붉은 우물이죠.

우물가 핏빛이 때로는 공포로, 때로는 황홀함으로 밀려옵니다. 두레박으로 찰락찰락 퍼 올리기만 하는 일이라면 얼마나 좋겠어요. 도르래 삐걱대는 노동 정도야 언제나 바칠 수 있는 것 아니겠어요. 하지만 우물 밑바닥은 언제나 두꺼운 얼음이 잡혀 있죠. 아, 새벽 도끼질에 잡힌 손바닥 물집에 펜을 찍어요.

먼저 시 한 편 읽어볼까요.

원고지를 처음 만난 건 초등학교 사학년 때다 뭘 써도 좋다 원고지 다섯 장만 채워와라! 다락방에 올라 두근두근, 처음으로 원고지라는 걸 펼쳐보니 (10×20)이라 쓰여 있는 게 아닌가? 그럼 답은 200! 구구단을 뗀 지 두어 달, 뭐든 곱하던 때인지라 원고지 칸마다 200이란 숫자를 가득 써냈다 너 같은 놈은 교사생활 삼십년, 개교 이래 처음이라고 교문 밖 초롱산 꼭대기까지 소문이 쫙 퍼졌다 그로부터 십오년, 나는 작가가 되었다 지금도 글이 콱 막힐 때마다, 그 붉은 우물에서 두레박을 타고 이백이 솟아오른다 그때 나는, 이백과 같은 길을 걸어갈 거라는 막연한 운명을 또박또박 적어넣었던 게 아닐까?

– 졸시 〈이백〉 전문

　요즈음 작가들은 대부분 원고지를 쓰지 않죠. 이제 컴퓨터에 원고를 찍지요. 내가 독수리 타법으로 글자를 쪼고 있으면 사람들은 막 웃죠.
　"그래 가지고 어떻게 시도 쓰고 동화도 썼대?"
　그럼 나는 기다렸다는 듯이 대꾸하죠.
　"생각이 느린데 자판만 빨리 치면 뭐한데요."

　홍성에서만 살다가 대도시 천안으로 이사하게 되었어요. 처음엔 열차 통근을 했는데 덜컥 병이 났어요. 대학원 수강에 시간강사까지 하며 몸을 혹사시킨 이유였지요. 어느 마을로 이사 갈까 고민하다 머릿속에 번뜩 떠올랐죠.
　'맞다. 백석동 백석현대아파트! 나의 나타샤 백석 시인!'

그렇게 이사 온 지, 어언 오 년! 아파트 입구에 '제1회 백석현대아파트 백일장대회'란 플래카드가 나부꼈지요. 보고 있자니, 작가로서 미안한 마음이 들었어요. 그러저럭 이 주일이 지난 어느 일요일, 아침 테니스를 치고 집으로 오는 중이었어요. 주차장에 차를 대고 나오는데, 노인회장님의 우렁찬 목소리가 발걸음을 잡았지요. 백일장대회 플래카드가 관리실 국기봉 밑에서 펄럭이고 있었어요.

"일반부는 아무 주제나 쓰세요. 상품이 셋인데 지금 두 분만 참석하셨으니, 밥솥이나 자전거냐 선풍기냐 따놓은 당상이에요. 이럴 때 아니면 언제 한번 써보겠습니까?"

나는 슬그머니 자리에서 일어났어요.

"집에 가서 써도 되죠?"

아내에게 참가해보라고 슬며시 등을 떠밀었지만, 그녀도 대학문학상에 입상한 콧대 높은 경력을 갖고 있지요. 첫 백일장대회에 참가했던 중학교 1학년 때처럼 끝내 원고를 내지 못했지요. 그때 글제로 '코스모스'와 '들국화'가 나왔는데, 어찌 원고지 7매를 채울까 고민이 많았죠.

먼저 '코스모스'라는 제목을 달고 고심 끝에 이렇게 썼지요.

'코스모스 봉오리를 친구 눈에 대고 터뜨리면 친구가 우는 것 같다. 눈물에서 향기가 난다.'

원고 매수가 턱없이 모자랐죠. 그래서 이번에는 들국화로 다시 썼어요.

'소에게 풀을 뜯기러 뒷산에 오르면 소가 먹지 않는 꽃이 있다. 소도 뜯어 먹지 않는 독한 꽃!'

결국 원고지를 구겨서 뒷주머니에 넣고 털레털레 돌아왔죠.

점심 지나 베란다 밖을 내다보니, 선풍기 한 대가 가을 햇살 아래 삘쭉하니 서 있었지요.

오늘도 컴퓨터 화면에 원고를 찍어요. 너무 쉽게 튀어나오는 글자들!

'컴퓨터 화면을 네모난 우물로 생각하자. 내가 지금 찍는 것은 꽝꽝 얼어붙은 우물이다. 대동 한마당을 꿈꾸는 샘이다. 얼어붙은 대동샘을 깨우자.'

다음 백석현대아파트 백일장대회에는 함께 나가볼까요.

작가의 말

채찍 휘두르라고
말 엉덩이가 포동포동한 게 아니다.

번쩍 삽아채라고
토끼 귀가 쫑긋한 게 아니다.

아니다
꿀밤 맞으려고
내 머리가 단단한 게 아니다.

- 졸시 〈아니다〉 전문

재미없는 산문집이라고 꿀밤을 먹일 것 같아서, 글머리에 〈아니다〉라는 동시를 올렸습니다.
첫 산문집을 정리하다가 담배를 다시 물게 되었습니다. 이십칠 년이나 피우던 담배를 끊은 건 동시 덕분이었는데 말입니다. 동시는 나에게서 니코틴을 씻겨주고 라이터를 숨겨주었습니다. 열쇠꾸러미와 지갑과 핸드폰과 담뱃갑으로 불룩했던 주머니를 한결 납작하게 덜어주었죠.

삼천 매 가량의 산문 원고를 덜어내고 추스르는 동안 담배 연기가 솔솔 찾아왔습니다. 그러자 동시는 다시 담뱃갑 뒤로 숨어버렸습니다. 동시에게 참 미안한 일입니다.

산문집을 꾸리며 느낀 한 가지만 뽑으라면, '이짓, 정말 못 하겠다'였습니다. 옷이 다 벗겨진 느낌이랄까요. 산문 어디에서나 왕따가 된 아이가 훌쩍이고 있었습니다. 한구석에서 오소소 떨고 있는 어린 정록이가 안쓰럽게 느껴졌습니다. 그 애가 자라서 시인이 되고 아버지가 되고 선생이 되어 이 글을 묶습니다.

혹, 보탬이 됐으면 하고 제 시와 시작詩作의 비밀 서랍을 몽땅 드러내 보였습니다. 제 시를 조금이나마 좋아했던 분들이 이 글을 읽고 다 달아날까봐 걱정이 듭니다만, 시집보다 이 책을 먼저 펼쳐본 이들이 제 시를 찾아 읽는 행운도 있었으면 하고 욕심을 내봅니다.

그래도 이만한 꼴을 갖추게 된 것은 순전히 김수영, 김윤정, 이지은 님 덕분입니다.

조금은 착해진 느낌이 듭니다. 고맙습니다.

저는 더 좋은 시를 줍기 위해 꽃샘추위 속 꽃망울처럼 다시 실눈을 뜰 겁니다.

2012년 봄

이정록